मंत्र-विद्ध

राजेन्द्र यादव

राधाकृष्ण पेपरबैक्स

पहली बार 1995 में 'मंत्र-विद्ध और कुलटा' शीर्षक से प्रकाशित

राधाकृष्ण पेपरबैक्स में
पहला संस्करण : 2025

राधाकृष्ण पेपरबैक्स : उत्कृष्ट साहित्य के जनसुलभ संस्करण

राधाकृष्ण प्रकाशन प्रा. लि.
जी-17, जगतपुरी
दिल्ली-110 051
द्वारा प्रकाशित

शाखाएँ : अशोक राजपथ, साइंस कॉलेज के सामने, पटना-800 006
पहली मंजिल, दरबारी बिल्डिंग, महात्मा गांधी मार्ग, प्रयागराज-211 001
1, अनमोल सोराबजी सन्तुक लेन, धोबी तलाव, मरीन लाइंस, मुम्बई-400 002

वेबसाइट : www.radhakrishnaprakashan.com
ई-मेल : info@radhakrishnaprakashan.com

विकास कंप्यूटर एंड प्रिंटर्स
ट्रॉनिका सिटी-201 102
द्वारा मुद्रित

मूल्य : ₹199

MANTRA-VIDDH
Novel by Rajendra Yadav

ISBN : 978-81-19989-21-8

मंत्र-विद्ध

नथुनों की उस तरह की बनावट और उनके फड़कने को देखकर अक्सर लोगों को कछुए का ध्यान आता है, मुझे जाने क्यों, साँप का ध्यान आया। माइनस के छल्लेदार काँचों पर खिड़की की जालियाँ तो साफ़ थीं; लेकिन यह तय करना मेरे लिए मुश्किल था कि रोशनी की झलक भीतर से कौंधती है या बाहर की परछाईं के कारण ऐसा लगता है। बार-बार सरक आते चश्मे को नाक की जड़ पर तारक कुछ ऐसे अन्दाज़ से एक उँगली से छूता था, जैसे कुछ लोग रौब में आकर सलाम करते हैं। मैंने सोचा, सड़क पर उसके इस तरीक़े से चश्मा ठीक करने को लोग ज़रूर सलाम करने के अर्थ में लेकर ठिठक जाते होंगे। बहुत लोगों को इस बात का क्या बिलकुल ख़याल नहीं होता कि उनके चश्मे के गन्दे काँच सामनेवाले को कितना बेचैन कर देते हैं और रह-रहकर रूमाल से उन शीशों को पोंछ देने की इच्छा दबाए वह कैसे बातों में व्यस्त रहने की कोशिश करता रहता है।

इस बेचैनी के बावजूद मैं अपने को ख़ुश बनाए हुए था।

खाने की मेज़ पर तारक बैठा था और साथ बैठी थी उसकी नव-विवाहिता पत्नी सुरजीत कौर। प्यालों की चाय जाने कब की समाप्त हो चुकी थी, लेकिन हम लोग बातें किये जा रहे थे। प्यालों के तले में बचा पत्तियोंवाला मटमैला

पानी जाने क्यों मन में हमेशा एक घिनौनी-सी बेचैनी पैदा करता रहता है। मन होता है, या तो मुझे उठ जाना चाहिए या ये उठा लिये जाने चाहिए...मगर अब प्याले ऐश-ट्रे का भी काम दे रहे थे। वे हटा लिये जाते तो हम लोग फ़र्श और मेज़ गन्दी करते...राखीले पानी में सिगरेट के टोंटे फूलकर बेडौल हो गए थे और मुझे रह-रहकर भरे कमोड का ध्यान हो आता था और मैं सुरजीत के ख़ूबसूरत चेहरे को देखते हुए अपनी निगाहें प्यालों पर जाने से रोके रखता था।

कलकत्ता आने से पहले मैं तारक से बांग्ला पढ़ा था, केवल दस दिन। बात महीने-भर पढ़ने की हुई थी, लेकिन शीघ्र ही हम लोग दोस्त बन गए और पढ़ने के अलावा हर चीज़ पर बातें करने लगे। शायद उन दिनों वह सुरजीत की ही बात किया करता। नाम तो उसने नहीं बताया था, लेकिन उसका किसी सरदार की लड़की से 'अफ़ेयर' चल रहा है, यह उसने ज़रूर कहा था। शायद प्रारम्भ की अवस्था थी, क्योंकि वह बहुत खोया-खोया रहता था और अक्सर सरदार लोगों की मेहनत करने की क्षमता, खुले दिल और खिलते सौन्दर्य की चर्चा करके मेरा समर्थन बटोरा करता था। मैंने जब कलकत्ता आने की बात तय की तो सोचा, वहाँ जाने से पहले कम-से-कम बांग्ला तो मुझे थोड़ी-सी सीख ही लेनी चाहिए। मैंने होटलवाले से पूछा कि क्या वह किसी बंगाली को जानता है? होटलवाला मेरा दोस्त हो गया था, उसने बताया कि एक बंगाली प्रोफ़ेसर कभी-कभी यहाँ खाना खाने आते हैं। फिर दो-तीन दिनों बाद जिस व्यक्ति से उसने 'प्रोफ़ेसर' कहकर मेरा परिचय कराया उसे मैं उसी होटल में कई बार देख चुका था—पीछे से सीधी-सपाट खोपड़ी, छल्ले झलकाते माइनस नम्बर के सफ़ेद काँचोंवाला चश्मा, जिसे बार-बार एक उँगली से पीछे धकेलता था। इस शक्ल से ज़रूर उसके बंगाली होने का कहीं आभास होता था, वर्ना बातचीत में वह क़तई बंगाली नहीं था और सारी ज़िन्दगी उसने मथुरा में ही बिताई थी। बातों में पता चला कि 'प्रोफ़ेसर' साहब करोलबाग़ की ही एक प्राइवेट टीचिंग-शॉप में अंग्रेज़ी और इतिहास दोनों पढ़ाते हैं और दो-ढाई सौ का हिसाब बैठा लेते हैं। कभी-कभी उस ढाबे में खाना खाने चले

आते हैं। मुझे याद है, उन दिनों भी उसने बताया था कि जिस लड़की से उसे प्यार है, उसका बाप निहायत ही ख़ूँख़ार और उजड्ड सरदार है। अगर उसे हवा भी लग गई तो कृपाण से अँतड़ियाँ खींच लेगा...तारकनाथ दत्त भले ही तीन पीढ़ियों से उत्तर प्रदेश में रहता रहा हो, और उसे माछ-भात की अपेक्षा सब्ज़ी-फुल्का ज़्यादा अच्छा लगता हो, मगर सरदार तो सरदार ही है...उसका क्या भरोसा! उस समय की उसकी बातों से मुझे क़तई विश्वास नहीं था कि एक दिन सुरजीत को उसकी पत्नी के रूप में देखूँगा। कुछ दिनों के शग़ल के रूप में ही मैंने इसे तब लिया था।

"याद है तुम्हें तारक," मैंने अचानक याद करके कहा, "हम लोगों ने तय किया था कि बंकिम-ग्रन्थावली से शुरू करेंगे। 'राजसिंह' से पढ़ाई शुरू हुई थी।" अब मैंने सुरजीत को पुराने दिनों की बातें बताईं, "लेकिन 'राजसिंह' के एक पन्ने से आगे पढ़ाई चली ही नहीं। एक तो तब मुझे पता चला कि तारक बंगाली भले ही हों, बांग्ला हम दोनों के लिए समान रूप से विदेशी भाषा है।"

तारक मुँह से सिगरेट निकालकर मुस्कराया, स्वीकृति में सिर हिलाकर, "यहाँ आकर तो रहा-सहा भ्रम भी टूट गया। वहाँ हम लोग अपने को बंगाली मानकर ख़ुश होते रहते थे और कहते थे कि अपना देश तो कलकत्ता है; यहाँ कोई बंगाली ही नहीं मानता। बात करो तो लोग हमारी बोली पर हँसते हैं। खाना हमें बिलकुल अच्छा नहीं लगता इनका, पता नहीं कैसा-कैसा स्वाद होता है, हर चीज़ में सरसों का तेल। हम लोग तो अक्सर पंजाबी होटल में ही जाकर खाना खाते हैं।"

मैं उन दिनों में खोया, हँसता रहा, "मैं इन्हें बंगाली गुरु मानकर तारकदा कहता और ये मुझे अपने से बड़ा समझकर मोहनदा कहते...लेकिन उन दिनों तो इनका मन ही नहीं लगता था, बेहद अनमने और उदास-उदास रहा करते थे। हमेशा ऐसा लगता, जैसे कहीं जाना है।"

तारक ने सामने की डिब्बी से दूसरी सिगरेट निकालकर पहली बची हुई से उसे जलाया फिर जली हुई सिगरेट को धीरे-धीरे कप के पानी से छुलाते

हुए छन-छन की पृष्ठभूमि में कहा, "मन कहाँ से लगता? उन दिनों हमारे मन में ये भरी हुई थीं। नई-नई घनिष्ठता हुई थी सो सबकी आँख बचाकर पीछे से इन्हें बस-स्टैंड पर आकर मिलना पड़ता था, कॉपियों में चिट्ठियाँ देनी और लेनी पड़ती थीं। डब्ल्यू.ई.ए. और नाईवाला की पतली-पतली गलियों में, मकानों के सहारे छाँह में खड़े होकर बातें करते-करते सेकेंड-सेकेंड पर इधर-उधर देखना पड़ता था कि कहीं सरदार जी न चले आ रहे हों! सो उन दिनों दिमाग़ एकदम सही नहीं था...।"

"झूठ!" इस बार सुरजीत ने प्रतिवाद किया। वह चम्मच से यों ही प्याले को बार-बार छू रही थी, "आज से अपनी सारी आगे-पीछे की ग़लतियाँ मेरे ही सिर मढ़ोगे..."

"मढ़ोगे?" तारक मेरी ओर शिकायत से देखकर बोला, "हम सच कहते हैं मोहनदा, पिछले दिनों जाने कौन सा मंत्र फूँक दिया था कि हमें लगता ही नहीं था जैसे हम इस दुनिया में रहते हैं। जैसे सोते में आदमी खाता चलता है, वही कुछ हालत हमारी हो गई थी। न उस कॉलेज में मन लगे, न घर पर। किसी से बात करो तो समझ में ही न आए कि क्या बात की जाए। खाना-सोना सब गोल हो गया था। एक बार ये गर्मियों-भर नहीं मिलीं, पता नहीं, अपने अब्बाजान के साथ कहाँ शिमला-मसूरी चली गईं! अब आप विश्वास कीजिए मोहनदा, हम तो एकदम पागल ही हो गए। अपने-आप को समझाते, गालियाँ देते कि यह कैसा प्यार है! दो महीने बाद किसी तरह मिलीं तो कहती हैं कि डैडी ने जालंधर के किसी कॉलेज में नाम लिखा दिया है, यहाँ नहीं रखेंगे। हम लोगों को लेकर किसी ने उनसे कुछ कह दिया है। ये समझिए कि हमारी तो किसी ने बस जान ही निकाल ली। इसके बाद तीन दिनों को फिर गायब हो गईं। फिर मिलीं तो बहुत बीमार और उदास। बोलीं, 'डैडी ने बहुत मारा। बहुत मारा। दो दिन तो बिना खाना-पिना दिये कमरे में बन्द रखा। बड़ी मुश्किल से भागकर आई हूँ और अब वहाँ बिलकुल भी नहीं जाऊँगी।' हमने भी कहा दिया, एकदम मत जाओ। बस, मोहनदा,

ये जैसी आई थीं, वैसे ही हम लोग आर्यसमाज गए। होटलवाले से मैंने तब आपका भी पता पूछ था तो उसने बताया कि वो तो कलकत्ता में हैं। बस, उसके दो दिनों बाद हम लोग भी कलकत्ते की गाड़ी में बैठे थे...आप यों समझो कि हम तो ऐसे सारा कुछ कर रहे थे, जैसे मंत्र से बँधा हुआ आदमी काम करता है...ट्रेन में जब मुग़लसराय निकल गया तो होश आया, ये हमने क्या कर डाला है...!"

सिर झुकाए सुरजीत जैसे भीतर की ख़ुशी को ज़बर्दस्ती रोके रखकर गम्भीर बने रहने की कोशिश कर रही थी। तारक का अपने-आप को इस प्रकार उसके लिए समर्पित कर देना, ख़तरे में डाल देना शायद कहीं उसे बहुत अच्छा लग रहा था। अन्दर के कमरे से इन्दु कपड़े बदलकर निकल आई थी और तारक की बात ख़त्म होने का इन्तज़ार कर रही थी। अब हँसकर बोली, "चलो, अच्छा हुआ। अभी तक यही मशहूर था कि बंगाल की औरतें जादू से भेड़ा बना देती हैं, पंजाब की कुड़ियाँ भी मंत्र जानती हैं, यह भी तो पता चल गया!"

बच्चों की तरह इठलाकर नकियाए स्वर में सुरजीत ने विरोध के ढंग पर कहा, "नहीं भाभी, बिलकुल झूठ बात है। जादू मैंने इन पर किया था या इन्होंने मुझ पर? आप ही बताइए, माँ-बाप की इकलौती लड़की, डैडी इतना प्यार करते हैं कि बस, पूछो नहीं, एक तरह घर-भर की मालकिन... सब छोड़-छाड़कर इनके साथ यों ही चली आई। उन्होंने तो मेरे लिए एक मेजर से बात पक्की कर ली थी। बोलो, उनकी इज़्ज़त, धन-दौलत, प्यार सभी कुछ छोड़कर मैं ही तो आई न, इनका क्या गया...?" और धीरे-धीरे सुरजीत सुबकने लगी।

इन्दु ने उसे अपने से सटा लिया और प्यार से कनपटी थपथपाकर कहा, "नहीं री, ऐसी भी क्या बात है! माँ-बाप कोई हमेशा नाराज़ रहते हैं! साल-छह महीने में कुछ बनकर उनके पास लौटेंगे तो उनका सारा ग़ुस्सा दूर हो जाएगा। और यों, ग़ुस्सा और नाराज़ी तो चलती ही रहती है। कौन बाप होगा जिसे

गुस्सा नहीं आएगा? घर-भर की अकेली लड़की, उन्होंने भी तो तुम्हारी शादी के बड़े-बड़े सपने पाल रखे होंगे..."

मुझे इन्दु का यों प्यार से सुरजीत को समझाना अच्छा लगा। उसके रोने से तारक अपराधी की तरह सहम गया था। सिगरेट की राख झाड़ता कप की ओर देखे जा रहा था, कभी-कभी उधर देख लेता था। उसने आधी सिगरेट कप में डालकर बुझा दी और डिब्बी से दूसरी निकालकर बहुत ही व्यस्त भाव से जलाने लगा। एक बार चश्मा नाक के ऊपर सरकाया।

"डैडी ने पचास हज़ार मेरी शादी के नाम से निकालकर अलग रख दिये थे। मम्मी ने जाने कितना ज़ेवर-कपड़ा तैयार कराया था जिसे डैडी किसी को छूने नहीं देते थे। रोज़ भाभी को सुनाकर कहा करते, सुरजीत की शादी ऐसी करूँगा कि सारे रिश्तेदार,गली-मुहल्लेवाले देखते रह जाएँगे...भाभी को यह सब सुनकर अच्छा थोड़े ही लगता था। मेरे यों चले आने से भाभी तो सच पूछो, मन-ही-मन बड़ी ख़ुश हुई होंगी...लेकिन डैडी को कैसा लगा होगा, यह भी तो सोचो..." बड़ी-बड़ी गुलाबी आँखों में आँसू भरे आरोपती निगाहों से उसने तारक को देखा, "मम्मी होतीं तो चलो एक बात भी थी, आपस में ही एक-दूसरे का दुख बाँट लेते! अब डैडी किसी से कुछ कह भी तो नहीं सकते मन की बात; इसलिए सारे दिन झल्लाते ही घूमते होंगे। भाई जर्मनी है, भाभी से वो इतना बोलते नहीं..." वह कह रही थी।

शायद तारक को लगा कि ग़लत स्थिति में घिर गया है और बचाव ज़रूरी है। भड़ककर बोला, "ऐसा ही था तो नहीं आतीं भाई...तुम्हें उनका इतना ख़याल आ रहा है तो वहीं रहतीं उनकी गोद में, और मेजर-कर्नल जिससे शादी करते, कर लेतीं। पचास हज़ार डैडी ने रखा ही है, बीस-पच्चीस का ज़ेवर-कपड़ा मम्मी भी रख गई होंगी। हमारे पास क्या है? अभी तो नौकरी भी नहीं है, दूसरे की गद्दी में शरणार्थियों की तरह पड़े हैं। लेकिन ये सारी बातें तो पहले सोचने की थीं। तब तो तुम्हीं ने ज़िद की थी कि मुझे यहाँ से निकाल ले चलो...अब मैं कभी भी उस घर नहीं जाऊँगी..." अन्त तक तारक की बात में कड़वाहट आ गई थी।

"हाँ, तो मुझे उस बात का कोई ग़म थोड़े ही है। मैं तो एक बात कह रही थी। मैं तो सारी बात सोच-समझकर ही आई हूँ, बच्ची नहीं हूँ।" सुरजीत ने भी तेज़ स्वर में जवाब दिया।

हम लोगों को अचानक लगा, जैसे नाटक के फ़ालतू दर्शक की तरह अलग खड़े हैं। स्थिति समझने के लिए पहले तो सुनते रहे, उस क्षण उसके नथुने, गन्दे काँच ही दीखते रहे। फिर लगा कि इस समय हममें से किसी का बोलना बहुत ही ज़रूरी है। मैंने समझाया, "छोड़ो यार, जो हो गया, उसे लेकर इतना परेशान होने की अब क्या ज़रूरत है? तुम लोगों ने कुछ अनोखा तो किया नहीं है। रोज़ होता है, हज़ारों सालों से होता आ रहा है। अब तो ये बताओ कि आगे करना क्या है?"

तारक भी जैसे सचेत हो गया, "मोहनदा, इसी बारे में तो आपसे कुछ सलाह लेनी थी।"

इन्दु सुरजीत से कह रही थी, "चलो, हम लोग उधर चलते हैं। मुझे अब कॉलेज भी जाना होगा। तुम्हें जाने की जल्दी तो नहीं है न?" सुरजीत के सिर हिलाने पर बोली, "ठीक है, मैं दो-ढाई घंटे में लौट आऊँगी। साथ ही खाना खाएँगे। शान तो इसमें है कि जिस तरह तुम आई हो, उसी ठसक से रहो। माँ-बाप के दिल को मैं जानती हूँ। साल-छह महीने नाराज़ रहेंगे, फिर अपने-आप ठीक हो जाएँगे। आओ, उठो, आराम कर लो ज़रा उधर चलके..." वह उसके कन्धे पर हाथ रखकर उठाने लगी। गुलाबी बनारसी साड़ी की सरसराहट में सुरजीत नववधू ही लग रही थी।

तारक ने उठते हुए डिब्बी से फिर नई सिगरेट निकालकर पुरानी से उसे जला लिया। अब केवल एक सिगरेट बची थी। ख़याल आया, उन दिनों भी तारक एक से दूसरी सिगरेट जलाया करता था। अपनी डिब्बी मैंने उसके पास शायद ही कभी देखी हो। तब भी आश्चर्य हुआ करता था कि इस तरह का चेन-स्मोकर अपनी सिगरेट के बिना कैसे काम चलाता होगा? अगले हमले से बचने के लिए बिना आवश्यकता के भी मैंने बची हुई सिगरेट अपने लिए

निकालकर जलाई। हम लोग बैठक में आ गए। "आओ, यहाँ बैठकर सोचते हैं कि अब आगे क्या किया जा सकता है।" मेज़ से उठते समय सुरजीत सारे प्लेट-प्याले उठाकर रसोई में ले जा रही थी। भीतर से इन्दु की आवाज़ आई, "रहने दो, नौकर उठा लेगा न...।" बिना कोई जवाब दिये वह उन्हें भीतर सिंक में ले जाकर धोने लगी थी।

बैठक में आए तो बाहर सड़क की ओर खुलते दरवाज़े को देखकर तारक बोला, "मोहनदा, टैक्सी को फिर छोड़ ही दें न, यहाँ तो समय लगेगा...।"

"क्या? टैक्सी अभी तक खड़ी है? कमाल है यार, डेढ़ घंटे से उसे क्यों खड़ा किये हो? जाओ, जाओ, उसे विदा करो पहले। यहाँ से तो खाना-वाना खाकर जाना।" मैंने उसे झिड़क दिया, "यह क्या फ़िज़ूलख़र्ची है? अब जब तक कुछ ठीक नहीं हो जाता, ज़रा सोच-समझकर चलो...।"

मैं बालकनी में निकल आया और तारक नीचे सीढ़ी उतरकर सड़क पर आ गया। बनर्जी बाबू नंगे बदन कुर्सी पर बैठे अख़बार पढ़ रहे थे, उनकी मोटी लड़की तोते को मिर्च खिला रही थी। सरावगी का नौकर सड़क पर खड़ी फ़िएट धो रहा था, घटक की बालकनी से झालरों की तरह रंग-बिरंगी साड़ियाँ लटक रही थीं। हिप्-पॉकेट से पर्स निकालकर लापरवाही से तारक टैक्सी का मीटर देखते हुए दस का नोट बढ़ाए खड़ा था। टैक्सीवाले ने एक का नोट और कुछ पैसे लौटाए। मैं अन्दर आ गया। इन्दु की आवाज़ सुनाई दे रही थी, "तुम्हें जिस चीज़ की ज़रूरत हो, नौकर से माँग लेना। चाय-वाय पी लेना। नहाना चाहो तो उधर ग़ुसलख़ाना है।"

"हाँ, भाभी, नहाऊँगी ज़रूर। वहाँ गद्दी में नहाने का इन्तज़ाम नहीं है। दो-तीन दिन हो गए।" सुरजीत की आवाज़ अब काफ़ी स्वाभाविक थी।

"हाँ, हाँ, जो तुम्हारा मन हो, अपना घर समझकर ही करो।" इन्दु पर्स-रजिस्टर लिये ही रसोई पर खड़ी-खड़ी बादल को आदेश दे रही थी। अभी उतरकर कॉलेज जाएगी। मैं लंच के बाद दफ़्तर जाऊँगा, मैंने सोचा। हम लोग अचानक ही जैसे सचमुच इन दोनों के बड़े भाई-भाभी बन गए थे। यह

तारक ने कई बार बताया था कि उसका कलकत्ते में मुश्किल से एकाध ही कोई परिचित होगा, रिश्तेदार हों भी तो उनके पास वह जाना नहीं चाहेगा। कुछ-न-कुछ इनके लिए करना ही है। बड़ी देर लगा दी टैक्सी के पैसे देने में, कहाँ रुक गया!

सीढ़ी पर चढ़ती जूतों की आवाज़ के साथ ही बैठक का दरवाज़ा खोलकर तारक भीतर आ गया, हाथ में बीस सिगरेटवाला पैकेट और दो पान थे। "मैंने सोचा, पान-सिगरेट भी लेता ही चलूँ।" वह सन्तोष से पान चबा रहा था, जिस तरह लोग शराब पीने के बाद चबाते हैं। साँस के साथ इलायची की गन्ध बाहर फैल जाती थी। दोनों हाथों में अदब से पान पकड़कर एक मेरी ओर बढ़ाया, "भाभी तो शायद कॉलेज गई हैं न, मुझे बाहर मिली थीं। पान दिया तो बोलीं, पान खाकर क्लास में जाना अच्छा नहीं लगेगा।" फिर भीतर की तरफ़ मुँह करके पुकारा, "भई, ये पान लेना ज़रा।" और बिना उत्तर की प्रतीक्षा किये अन्दर चला गया। आपसी आक्षेपों और आरोपों के बावजूद वे लोग जिस तरह एक-दूसरे को देख-देखकर मुस्करा और झेंप रहे थे, इससे मुझे लगा कि तारक ने अन्दर कमरे में जाकर सुरजीत को मनाने के लिए अपने हाथ से पान खिलाया होगा। हो सकता है, चुम्बन भी लिया हो, क्योंकि चूड़ियों के कुछ इसी तरह झनकने की आवाज़ आई थी। ये लोग सच ही एक-दूसरे को काफ़ी प्यार करते हैं, अगर इस तरह भाग भी आए तो क्या बुरा कर दिया?

और थोड़ी देर बाद जब तारक बैठक में आया तो लगा, ज़बर्दस्ती स्वाभाविक बनने की कोशिश कर रहा है। होंठों के कोनों को बार-बार उँगलियों से पोंछ लेता या चश्मा पीछे ठेल देता था। उसके खुले रंग पर पान खिलकर रचा था।

"हूँ..." मैंने अख़बार एक तरफ़ समेट दिया, "अब बोलो, क्या करने का इरादा है?"

वह आराम से कुर्सी पर आ बैठा। एक-एक टाँग हाथों से उठाकर ऊपर रखीं, आलथी-पालथी की तरह, "बात यह है मोहनदा, इरादा तो अब बनाना

है। अभी तक तो वहाँ से निकल भागने की ही समस्या थी, अब नौकरी तलाश करनी है, सिर के ऊपर छत हो तो मन को ज़रा चैन आए, सो सबसे पहले तो कुछ रहने-सहने का डौल बैठाना है। जैसे आजकल हैं, वैसे कब तक मारे-मारे फिरेंगे? मेरे साथ स्कूल में मथुरा का ही एक लड़का पढ़ता था गोयल। उसके कोई जीजा या साले यहाँ जूट और हैसियन का काम करते हैं, सो वह भी उन्हीं के दफ़्तर में आ लगा है। अभी तो एक तरह उसी के साथ हूँ। कमरा तो उसके पास एक ही है कहीं मछुआ बाज़ार में, चौथे तल्ले पर, लेकिन उसने चीतपुर रोड पर एक गद्दी में हम लोगों का इन्तज़ाम कर दिया है। गद्दी भी क्या, एक कमरा है, सो उसमें हमसे पहले एक नौकर सोता था। अब वह बाहर दूसरे कमरे में सोने लगा है। उस बिल्डिंग में ऐसी-ऐसी पचासों गद्दियाँ हैं, रात में उन सबमें यही नौकर-दरबान, मुनीम क़िस्म के लोग सोते हैं। रात को उनके यार-दोस्त भी आ जाते हैं, सो कोई रोटी बनाता है, कोई कपड़े धोता है, कोई भाँग घोटता है और फिर वे लोग बैठकर बीड़ियाँ-सिगरेट फूँकते हैं, ताश-चौपड़ खेलते हैं। दुनिया-भर की अच्छी-बुरी बातें कहते, लड़ते-गाते रहते हैं, गालियाँ और गन्दी-गन्दी बातें बकते रहते हैं। मेरे तो कुछ नहीं है, सुरजीत का वहाँ रहना मुझे बहुत अच्छा नहीं लगता। हमें लेकर भी आपस में कुछ-न-कुछ कहते ही रहते हैं। अपनी तरफ़ का एक भला-सा ड्राइवर है, उसकी वे लोग काफी इज़्ज़त करते हैं, इसलिए ज़रा लिहाज़ है। लेकिन उस तल्ले पर एक ही कॉमन बाथरूम है, सो ये बेचारी तो वहाँ जाती ही नहीं है, यों ही किसी के यहाँ गए तो नहा-धो लिये। अब तो सबसे पहले रहने-सहने का ही कुछ करना है...।"

मैं उसकी बात से चौंक गया। कितने बरसों बाद अपनी तरफ़ का 'डौल' शब्द सुना है। लगता था, जैसे यह शब्द ही नहीं था।

"तब तो बड़ी तकलीफ़ है। न हो तो कुछ दिनों को यहीं आ जाओ। मैं इन्दु से पूछे लेता हूँ; लेकिन इस समस्या का कुछ-न-कुछ स्थायी प्रबन्ध तो करना ही होगा फ़ौरन।" मैं उसकी परेशानी से बोला।

सुरजीत अच्छे घर की लगती है। बेचारी क्या सोचती होगी उस गद्दी में सोते हुए! अगर मैं इन लोगों को अपने यहाँ आने को नहीं कहूँगा तो कहेगी, अच्छे तारक के दोस्त हैं। मैंने विनोद से पूछ लिया, "जिस तरह टैक्सियों पर उड़ा रहे हो, उससे तो लगता है कि रुपए-पैसे काफ़ी ले आए हो।"

"कहाँ मोहनदा, कुछ भी इन्तज़ाम करने का मौक़ा ही कहाँ मिला? किसी तरह एक दोस्त से पाँच सौ जुगाड़ किया था सो उसमें से भी मुश्किल से सौ-सवौ सौ बचे होंगे। यहाँ तीन दिनों में ढाई सौ ख़र्च हो गए। ये तो जैसी थीं वैसी ही उठकर आ गईं। किसी तरह कुछ उधार, कुछ नक़द पर हार-अँगूठी लीं, दो-चार पहनने की साड़ियाँ खरीदीं—इन सबके हज़ार रुपए तो अब जाकर देने हैं। वहाँ रुकते तो कुछ और भी सोचते-करते, लेकिन वहाँ एक दिन भी रुकना ख़तरनाक था...।"

"क्यों?" जानते हुए भी मेरे मुँह से निकल गया। भीतर कहीं मैं चिन्तित हो आया। कहीं-न-कहीं सारी बात का तोड़ इसी पर होगा कि मुझे दो-ढाई सौ रुपए का प्रबन्ध करना पड़ेगा। मैं पहले ही इतने क़र्ज़े में हूँ कि अब असम्भव हो जाएगा। अगर इन्दु का मिस-कैरेज न हो गया होता तो शायद कोई बात नहीं थी।

"अरे मोहनदा, वो सरदार ज़िन्दा छोड़ता? हम दोनों को क़तल करा के फिंकवा देता। आपको पता नहीं, कितना ख़ूँख़ार आदमी है। ये डबल तो उस साले का चेहरा है, फिर दाढ़ी और लाल्ल-लाल आँखें, एकदम राक्षस लगता है। अब आप कुछ कहिए, उसके चेहरे की कल्पना से ही हमारी तो साँस रुक जाती है। सच बात है कि ये सुरजीत ही हिम्मत न करती तो हमारे तो बाप के बूते का काम नहीं था।" वह देर तक मेरे चेहरे को ग़ौर से देखता रहा। "अब वहाँ ऐसा फनफना रहा होगा जैसे मणि-छीना साँप फुफकारता है। पागल हो गया होगा..."

"करता क्या है?" मैंने मन में कहा : तू भीतर से रहा वही।

"मोटर पाट्र्स की दुकान है; लेकिन महाभयानक आदमी है वह सरदार मोहनदा। अब चुप थोड़े ही बैठा होगा, उसने ज़रूर दो-चार आदमी यहाँ भी

लगा दिये होंगे। कलकत्ते में उसके कुछ-न-कुछ बिज़नेस सम्बन्ध न हों, ऐसा हो नहीं सकता। सो यों समझो कि हम लोगों का तो बाहर निकलना भी ख़तरे से ख़ाली नहीं है। मुझे तो हर सरदार उस जैसा ही दिखाई देता है। आप विश्वास नहीं करेंगे; लेकिन उसने हम लोगों के वारंट तो ज़रूर ही निकलवा दिये होंगे।" इस बार सुचमुच उसके चेहरे पर भय उतर आया और छल्लों के पीछे आँखें कुछ ज़्यादा फैल आईं।

"वारंट क्यों निकलवा देगा? तुम दोनों तो बालिग़ हो न?" मैंने बात बीच में काटी।

"बालिग़ तो हैं, लेकिन आप उसे जानते नहीं हैं। इतनी आसानी से वो पीछा छोड़नेवाला नहीं है, शेर की तरह तो डकार लेता है। ज़िद्दी इतना कि कुछ कहने की बात नहीं। वो तो कहो कि सुरजीत को बहुत प्यार करता है, इसीलिए शायद उसने अभी तक कुछ किया नहीं है, वरना, वरना...तारक बाबू, आज आपके सामने बैठे होते? अजी राम का नाम लो, कहीं पड़े हुए चील-कौवों को भोज दे रहे होते...।"

उसके बातें कहने के ढंग पर उठती हँसी को दबाकर मैंने अतिरिक्त गम्भीरता से कहा, "मान लिया कि वो सब कुछ करा सकता है, लेकिन सुरजीत बीस-इक्कीस से कम तो है ही नहीं, यानी क़ानूनी तौर पर तो तुम्हारा कुछ भी बिगाड़ नहीं सकता। यों उसकी इज़्ज़त और लड़की की ज़िन्दगी का सवाल तो है ही, इसलिए परेशान तो ज़रूर करेगा," मुझे तारक का भय बहुत आधारवाला नहीं लग रहा था। उसे साहस बँधाने को कहा, "और तुम्हें अब उससे लेना-देना क्या है? अपने यहीं रहो और भूल जाओ बाक़ी दुनिया को। कभी चुपचाप बीच में जाकर अपना सामान ले आओ। दो-चार साल को ग़ोता लगा लोगे तो अपने-आप सारी बातें ठीक हो जाएँगी। क़ानूनन कुछ कर भी सकता होगा तो नहीं करेगा। उसे अपनी बदनामी का डर भी तो होगा न!"

"बदनामी का ही डर होता तो क्या बात थी मोहनदा, उसके पास अन्धा-धुन्ध तो रुपया है, डिफेन्स कॉलोनी में बड़ी-बड़ी दो कोठियाँ हैं। हमने तो

चलते-चलते सुना था, उसने पुलिस में रिपोर्ट कर दी है कि सुरजीत घर से पाँच हज़ार की नक़दी और पाँच-सात हज़ार के ज़ेवर लेकर भाग गई है...।" वह अचानक बात तोड़कर बेवकूफ़ की तरह मेरी प्रतिक्रिया देखने लगा।

मैं पहले चौंक-सा गया, कि झटके से बोला, "कोई बाप ऐसा नहीं करेगा। ये सब तुम्हारे दिमाग़ी फ़ितूर हैं...इन्हें निकालो।" फिर सहसा लगा, कहीं बात सच तो नहीं है? जिस फ़र्राख़-दिली से ये लोग ख़र्च कर रहे हैं उससे तो यही लगता है। ढाई-तीन सौ की तो सुरजीत ने साड़ी ही पहनी है। मन के बहुत भीतर सन्तोष भी हुआ कि शायद जल्दी ही पैसे माँगने की स्थिति नहीं आएगी। साथ ही एक डर भी उठा, अगर बात सच हुई और ये लोग यहाँ आकर रहने लगे तो हम लोग भी फँस सकते हैं। फिर भी ऊपरी चुहल से कहा, "अरे, उसे तो ख़ुश ही होना चाहिए, लड़की की शादी में पचास हज़ार ख़र्च करता। अब अगर सुरजीत ले भी आई है तो पाँच-दस हज़ार में ही छुट्टी हो गई..."

वह चश्मा पीछे ठेलकर उसी गम्भीरता से कहता रहा, "नहीं मोहनदा, आप सारी बात को मज़ाक़ में बिलकुल भी मत लीजिए, मामला बेहद संगीन है। वो तो कहो कि उसका लड़का जर्मनी में है, वर्ना वो अलग तूफ़ान मचाता। यह एकदम तय है कि दो आदमी उसने हम लोगों के पीछे ज़रूर ही यहाँ भेज दिये हैं। इतना तो उसे पता ही होगा कि हम लोग भागकर कलकत्ता आए हैं। एक तो बंगाली, फिर ऐसे में लोग भागकर या तो कलकत्ता आते हैं या बम्बई...बंगाली कलकत्ता छोड़कर और कहाँ जाएगा?"

मैंने सोचा, उस हालत में इसे बम्बई ही जाना चाहिए था।

"यार, तुम किस बात के बंगा़ली हो? याद दिला देते हो तो ध्यान भी आ जाता है, वर्ना ख़याल भी नहीं आता।" यह मैंने झूठ कहा था। उसके चश्मे और डर को देखकर मुझे उसके बंगाली होने का ख़याल अभी-अभी आया था, "डर की कोई भी बात नहीं है, तुम निश्चिन्त होकर यहाँ रहो, जगह और नौकरी तलाश करो। दोनों में से किसी-न-किसी को तो नौकरी मिल ही जाएगी, जिसे पहले मिल जाए वही ले लो। पहले पाँव टिकाने का तो इन्तज़ाम करो,

फिर उस बाप को भी समझेंगे।" मैंने फिर परिहास से सारी बात की गम्भीरता को उड़ाने की कोशिश की, "मैं भी अपने दो-एक दोस्तों से कहूँगा। वैसे सुरजीत वहाँ पढ़ क्या रही थी?"

"हिस्ट्री में एम.ए. कर रही थी। फ़ाइनल था..." अनमना-सा बोला। फिर बड़ी देर आँखें मिचमिचाते हुए मुझे देखता और जल्दी-जल्दी सिगरेट पीता रहा। दुविधा में चबा-चबाकर बोला, "उस साले ने यह पता लगा लिया है कि मेरी शादी हो चुकी है, तीन बच्चे हैं और मेरी फ़ैमिली बनारस में रह रही है...।"

"अच्छाऽऽ!" मैंने बड़ी मुश्किल से अपने खुलते मुँह को रोका। पहला ख़याल आया कि तब तो वारंटवाली बात भी सच हो सकती है। देर तक उसे देखता रहा, "सच बात है? तुमने तो कभी नहीं बताया तारक..."

"हमारा उन लोगों से कोई सम्बन्ध ही नहीं रहा। सालों हो गए, हम कभी बनारस गए ही नहीं।" वह सपाट लहजे में बोला।

तब पहली बार मुझे लगा कि बात को जिस ग़ैर-संजीदगी से मैं ले रहा था, उतनी वह है नहीं। अचानक ही सुरजीत पर दया आई, कहाँ फँसी है! मुँह से निकला, "सुरजीत को पता है?"

"उससे हमने कुछ भी नहीं छिपाया। राई-रत्ती बात उसे मालूम है कि हमारी शादी हो चुकी है, तीन बच्चे हैं और घर का परिवार काफ़ी बड़ा है इसलिए वहाँ की ज़मीन-जायदाद का भी कोई सहारा नहीं है। दिल्ली में प्राइवेट कॉलेज की नौकरी है, सो साले प्रिंसिपल को जब पता चलेगा कि हमने ऐसा किया है, उसी क्षण वह ख़त्म हो जाएगी। मतलब यह है कि आगे-पीछे कुछ भी नहीं है।" उसने चिन्ता-भाव से कहा, फिर कुछ क्षणों के लिए चुप हो गया। "मोहनदा, सच मानो, उन दिनों तो जैसे हम दोनों को होश ही नहीं था। नशेवाली हालत थी कि जो होगा सो देखा जाएगा। अपनी ये सारी परेशानियाँ हम आज सुरजीत को भी नहीं बता सकते...वह तो नई ज़िन्दगी के सपने देख रही है..." फिर बीच में ही चुप होकर व्यस्त-भाव से सिगरेट फूँकने लगा।

लेकिन मैं उसकी बात सुनने की बजाय अब दूसरी बातें सोचने लगा था : हुँह, तो यह बात है! लगा, मेरी सारी दिलचस्पी तारक और उसकी कहानी में झटके के साथ समाप्त हो गई है। साले ने जान-बूझकर लड़की को धोखा दिया होगा। कुछ भी नहीं बताया होगा। अगर बाहर निकलकर ट्रेन में बता भी दिया हो तो उस समय लड़की बेचारी कर भी क्या सकती है? लेकिन पंजाबी लड़कियाँ तो इतनी भावुक नहीं होतीं। वे तो एकदम व्यावहारिक, दुनियादार, मतलबी और ग़ैर-जज़बाती होने के लिए बदनाम हैं। सुरजीत कहीं या तो बहुत ही सीधी है या बेवकूफ़...उसने इस चुग़द-सूरत में देखा क्या है? सरदार ज़रूर वारंट निकलवा सकता है, उसे निकलवा देना चाहिए। मैंने अभी-अभी उत्साह में यहाँ आने के लिए कह दिया है, वह बहुत बड़ी ग़लती होगी...हम चोरी में न फँसें, इसमें ज़रूर ही फँस सकते हैं...मैं गम्भीर मुँह बनाए सोचता रहा।

"यार तारक, यही सब करना था तो पहले उस शादी का झझंट ख़त्म कर देते न?" अचानक मुझे ध्यान आया कि ऑफ़िस भी जाना है और मैंने अभी तक शेव भी नहीं की है। भीतर की ओर मुँह करके कहा, "अरे भई, शेव का सामान दे जाना ज़रा..."

"हम तो उसका ही निबटारा पहले करना चाहते थे, लेकिन ये सब कुछ ऐसी जल्दी में हो गया कि साँस लेने का भी समय नहीं मिला।" वह मानो मेरे फ़ैसले के लिए मुझे देख रहा था। "फिर किसी दोस्त ने समझाया कि जब दस साल से तुम्हारा उन बीवी-बच्चों से कोई सम्बन्ध ही नहीं है वो शादी अपने-आप ही समाप्त हो जाती है।"

शायद ऐसा होता हो! पूछा, "बच्चे कितने बड़े-बड़े हैं?"

इस बार वह फिर हिचकिचाया। देर तक सिगरेट जलाने की कोशिश करता रहा, एक बार माचिस की सींक टूट गई, उसे झटके से फेंककर दुबारा जलाई। "सबसे बड़ी बच्ची ग्यारह साल की है, बाक़ी दो लड़के हैं, छह और तीन के..." वह फ़र्श की तरफ़ देख रहा था।

"फिर...?" प्रश्न के बाद काफ़ी देर मैं उत्तर की प्रतीक्षा करता रहा, "तब तुम कैसे साबित करोगे कि तुम्हारे उस बीवी से कोई सम्बन्ध नहीं है?"

उसने सहसा मेरा घुटना छूकर कहा, "मोहनदा, आप विश्वास कीजिए, मेरा उस औरत से कोई सम्बन्ध नहीं है। पहली बच्ची का गुनहगार मैं ज़रूर हूँ, लेकिन बाक़ी का, भगवान की क़सम खाकर कहता हूँ, मुझे कुछ भी नहीं पता। मैं दस साल से उधर गया ही नहीं...।"

"हो-हो-हो!" और इस बार मैं बैठा नहीं रह सका। झटके से उठकर खड़े होते हुए बेसाख़्ता हँसने लगा, "तारक, दिसिज़ द लिमिट...रीयली, दिसिज़ द लिमिट...हद्द कर दी यार तुमने! कोई ऐसी बात कहो जो समझ में आए..." और देर तक मैं सचमुच हँसता रहा, साले ने क्या कहानी बनाई है! इसने मेरे और इन्दु के सामने अपना मामला कच्चा कर लिया, यह तय है। मैं सारी असलियत समझते हुए भी एक बार को उदार हो सकता हूँ, लेकिन वह? वह तो इन्हें एक मिनट नहीं रहने देगी। कल रात को ही हम लोग चार घंटे लड़ते रहे हैं। विवाह के बाद का मेरा एक प्रेम-प्रसंग हम दोनों के बीच शाश्वत तनाव का कारण रहा है। वह अक्सर कहती है, "आदमी की बात तो मैं एक बार मान सकती हूँ कि वह कुत्ते की तरह सब जगह मुँह मार सकता है, लेकिन वो औरतें कैसी होती हैं जो जानते-बूझते अन्धी हो जाती हैं, दूसरों का घर तोड़ती हैं! उन्हें दूसरी औरत के दुख-दर्द का बिलकुल भी ख़याल नहीं आता...अरे, कल को यही उनके साथ भी तो हो सकता है..." नहीं, इन्दु एक पल नहीं सहेगी...बिलकुल नहीं। ही हैज़ लौस्ट हिज़ केस कम्प्लीटली...इसी सबको लेकर तो सुबह भी हम लोग अपरिचितों की तरह बैठे थे और अगर ये लोग न आ जाते तो शायद आपस में एक बात न करते...

तारक अतिरिक्त अबोधता चेहरे पर ओढ़े, भकुआए भाव से मुझे देख रहा था, जैसे इतनी साफ़ और सही बात में हँसने को क्या है? शायद बीच में उसने कुछ कहने की कोशिश भी की।

तभी परदा हिला और शेव के सामान के साथ तौलिया लिये हुए सुरजीत ने प्रवेश किया। बड़ी-बड़ी आँखों में विस्मय-भरे कभी मुझे, कभी तारक को देख रही थी। शायद स्थिति समझने के लिए।

"अरे, अरे, तुम ये सब क्यों उठा लाईं? वो बादल क्या कर रहा है?" मैंने झटके से मुड़कर देखा तो एकदम बोल उठा। बढ़कर उसके हाथों से सामान ले लिया, हल्की-सी सचेतता के साथ कि हाथ बहुत अधिक उँगलियों को न छू जाएँ।

"वो शायद सब्ज़ी लाने बाज़ार गया है," कहकर सुरजीत दरवाज़े पर खड़ी रही।

मैंने बीच की शीशेवाली मेज़ पर सामान रखते हुए पहली बार शायद सम्पूर्णत: सुरजीत को देखा—लम्बी-स्वस्थ और सुडौल देह, कनपटियों पर झूलतीं, लहराते सँपोलों-सी दो लटें, हल्का सुनहरापन लिये बाल। बनारसी साड़ी पहने बिलकुल भी ऐसा नहीं लग रहा था कि इसने ज़िन्दगी-भर सलवार-कुर्ता पहने हैं। साड़ी बाँधने और सिर पर पल्ला रखने का सलीक़ा उसके पीछे की समृद्ध पृष्ठभूमि का संकेत दे रहे थे। माँग में झाँकती चौड़ी सिन्दूरी रेखा, हाथों में चूड़ियों के साथ बंगाली कड़े, पाँवों में आलता...वह शुद्ध पंजाबी या बंगाली की अपेक्षा, उत्तर प्रदेश के किसी शिक्षित घराने की कुल-वधू लग रही थी। उसके चेहरे और शरीर का लावण्य-लोच उसे पंजाबी नहीं लगने दे रहे थे और पूरे व्यक्तित्व का आत्मविश्वास, दृढ़ता उसे बंगाली लगने से रोके थी। लड़की सुन्दर और सुसंस्कृत है, मैंने मन-ही-मन कहा। तारक इसके सामने निश्चय ही हल्का पड़ता है...यही सब सोचता हुआ मैं जल्दी-जल्दी पानी में ब्रश डुबोते हुए कनपटियों पर फेरने लगा था और उठती हुई बात किसी तरह दब नहीं रही थी कि कहीं कुछ ग़लत हो गया है।

"तुम नहा लीं सुरजीत?" मैंने सहसा ही पूछ लिया।

"अभी नहाती हूँ। पहले आप नहा लीजिए, आपको दफ़्तर भी तो जाना होगा..."

नहीं, उसकी आवाज़ में पंजाबी कर्कशता भी नहीं है, मैंने ध्यान दिया। ज़रूर ये लोग विभाजन से बहुत पहले आए हुए लोग होंगे।

"मैं तो अब लंच के बाद ही जाऊँगा...सब लोग साथ ही खाएँगे। तुम नहा लो..."

कुछ देर यों ही खड़े रहकर उसने कहा, "भाई साइब, आप अपना कोई काम हर्ज़ मत कीजिए..."

"क्या बात करती हो?" दुलार से मैंने उसे झिड़क दिया, "तुम लोग क्या रोज़-रोज़ इस तरह आओगे? क्या सोचोगी तुम भी कि तारक के दोस्त कैसे हैं..." और मेरा गला भर आया। उस क्षण उस लड़की के लिए बड़ी ही सहानुभूति उमड़ती महसूस हुई। पता नहीं, बेचारे किन-किन परिस्थितियों में पड़कर यहाँ आए हैं। हो सकता है, तारक के कुछ परिचित रिश्तेदार यहाँ हों भी लेकिन इसका कौन यहाँ होगा! और हो भी तो क्यों जाएगी उनके पास? अब ग़लत या सही, जो भी हो गया है, उसे अन-हुआ तो नहीं ही किया जा सकता है। हो सकता है, हम लोगों में ही कुछ अपनापन पाकर सुरजीत अपने को इतना दुर्बल महसूस न करे! कौन कह सकता है, किस क्षण की आत्मीयता, कब ज़िन्दगी में किसे कितना बल-सम्बल दे जाती है। "तुम नहा लो सुरजीत, ये तारक बता रहे थे कि वहाँ नहाने-धोने का इन्तज़ाम नहीं है..." पता नहीं क्या सोचती हुई सुरजीत वापस अन्दर चली गई। तारक बुरी तरह होंठ सामने निकाल-निकालकर एक के बाद दूसरी सिगरेट के कश लगाता रहा...मेरा क्या है, जितना चाहे फूँके... इस बार तो उसका अपना ही पैकेट है...फिर भी मन-ही-मन मैंने उसे माफ़ कर दिया...स्साला, क्या कहानी गढ़कर सुना रहा था! मैंने छल्लेदार काँचों के पार उसे अजनबी और अपनेपन के मिले-जुले भाव के साथ देखा...

उसी दिन साँझ को दोनों अपने-अपने अटैची और एक बिस्तरा लेकर बैठक में आ गए। बाहर की सीढ़ियों के एकदम पासवाला कमरा हमने बैठक बना लिया था, बीच में थी खुली जगह और उससे एक रास्ता बाथरूम, एक किचिन, एक बाहर की सीढ़ी, एक बैठक और एक अन्दर के कमरे की ओर खुलता था। वहीं किचिन के दरवाज़े के पास दीवार के सहारे खाने की मेज़ लगा ली गई थी।

यह खुली जगह एक तरह से चारों तरफ़ जाने के लिए पैसेज का काम करती थी। यहीं हम चारों ने बैठकर, एक परिवार की तरह गप्पें लड़ाई थीं, खाना खाया था, एक-दूसरे के हाथ देखकर भविष्यवाणियाँ की थीं। जब सुरजीत ने अपना हाथ आगे बढ़ाया तो उसे झिझककर पकड़ते हुए मैंने कहा था, "कोई बहुत बुलन्द क़िस्मतवाला ही इस हाथ को पकड़ेगा। यह हाथ देखकर तक़दीर बताने के लिए नहीं, पकड़कर क़िस्मत बनाने के लिए है।" इस बात से तारक हल्के गर्व से गहरी साँस लेकर छाती फुलाने लगा था और सुरजीत का चेहरा गुलाबी हो आया था। सब्ज़ी उस दिन तारक ने बनाई थी और पराँठे सुरजीत ने। उसी ने ख़ूब फेंटकर बाद में एस्प्रैसो कॉफी पिलाई थी। बादल सिर्फ़ इधर-उधर का काम करने, सामान लाने और ऊपर की भागदौड़ में लगा रहा था। उसे भी बड़ा कौतुकपूर्ण आनन्द हो रहा था। लगता था, जैसे बहुत दिनों बाद हम लोग छुट्टी मनाने पिकनिक पर निकल आए हैं। बीच-बीच में मैं या तारक कह देते थे, "बस, कल से यहीं-कहीं पास ही जगह तलाश कर लेनी है..."

"कल से ही नौकरी के लिए मैं अपने जान-पहचानवालों से कहता हूँ। तुम भी कोशिश करो।" मैंने नौकरी और कमरे के लिए कई सुझाव भी दिये थे और आसपास बनते हुए मकानों के बारे में बताया था, जहाँ अभी से अच्छी जगह तय कर लेना दूरदर्शिता का काम होगा।

तारक कुछ अतिरिक्त ही ख़ुश था, "बोदी, इतने दिनों में पहली बार सुरजीत इस घर में अपने असली मूड में आई है, वर्ना वहाँ तो एकदम गम्भीर हो गई थी...मुझे तो इसे देखकर डर लगता था।" वह अपने बंगाली होने के कारण या आत्मीयता जताने के लिए इन्दु को कभी 'बोदी', कभी 'भाभी' कह रहा था। दोनों एक-दूसरे को झिड़की, ख़ुशामद, शिकायत या प्यार में देख-देखकर खिल उठते थे।

शिकायत से सुरजीत ने कहा था, "अपनी नहीं कहेंगे, जब मैंने बताया कि डैडी ने लाहौर में पाँच आदमी ख़ुद अपने हाथों से मारकर सड़ा दिये थे, तो एकदम चेहरा फक पड़ गया था, मुँह से बोल नहीं निकला था...। अब कैसे हँस रहे हैं..."

याद आया, पंजाबी में 'सड़ा' देने का अर्थ जला देना होता है। बहुत दिनों बाद, सुरजीत के मुँह से पहली बार ठेठ पंजाबी शब्द सुना था।

तारक ने विरोध किया, "एकदम ग़लत बात है। मुझे डराने के लिए ज़बर्दस्ती अपने डैडी के बारे में ऐसी-ऐसी बातें बताती रहती थी जिनका न सिर होता था न पैर, दंगों में डैडी ने यों बन्दूक़ें चलाईं, यों गाड़ी से उस आदमी को कुचलते हुए अस्सी की रफ़्तार से भागते हुए निकल गए। यार, डैडी न हो गए, साले हिटलर हो गए!"

इस पर सुरजीत ने चुनौती दी, "अच्छी बात है, अभी कोई सारा मामला तय हो गया है? डैडी कैसे ज़िद्दी आदमी हैं, तुम ख़ुद अपने-आप देख लेना। तब पता चलेगा। बदला लेने के लिए वो अपनी सारी प्रॉपर्टी फूँक डालें तो उन्हें परवाह नहीं है।" अपने बाप की इस तारीफ़ में कहीं उसे बेहद गर्व भी हो रहा था और याद से गला भी भर्रा आता था।

तारक ने लापरवाही से कहा, "ठीक है यार, तुम्हें देख लिया, अब तुम्हारे डैडी को भी देख लेंगे। जब उनकी लड़की भगा लाने में जान नहीं निकली तो डैडी को समझने में कितनी देर लगती है? उन्हें अपने रुपए का ही तो घमंड है न, कितना होगा उनके पास—पाँच लाख, दस लाख? हमने तो जब अपनी सारी ज़िन्दगी ही दाव पर लगा दी तो न उनके रुपयों से डरते हैं न ख़ुद उनसे... मारकर हमें भी सड़ा ही तो देंगे न? चलो, उन्हीं के हाथों शहीद हो जाएँगे प्यार के नाम पर...कभी उन मेजर-कर्नल की बीवी बने हुए ध्यान आए तो हमें भी याद कर लिया करना कि कोई था जो प्यार की ख़ातिर शहीद हो गया..."

सुरजीत खीझ और रीझकर कहती है, "बकवास करते हुए बड़े अच्छे लग रहे हो न? इस मुग़ालते में भी मत रहिए, कि आप भगा लाए हैं...मैं न आती तो बच्चू कैसे भगा लाते...? वो तो ख़ैर मानो, उस वक़्त डैडी कहीं आसपास दीखे नहीं, वर्ना साँस रुकी रह जाती।"

"डैडी, डैडी, डैडी!" झल्लाकर तारक बोला, "यार, डैडी न हुए साले कोई शेर हो गए! सिर्फ़ तुम्हारा लिहाज़ करके हम कुछ कहते नहीं हैं, वर्ना जो

आदमी साक्षात शेर से लड़ लिया हो वह तुम्हारे डैडी को कहाँ समझेगा...?" उसे तैश आ गया।

"शेर से लड़ना क्या?" मैंने ज़रा दिलचस्पी से पूछा।

"हम एक बार शेर से भिड़ गए थे मोहनदा।" उसने प्रयत्नपूर्वक बात को साधारण ढंग से कहने की कोशिश की। लेकिन ऐसी उत्तेजनापूर्ण बात को साधारण ढंग से कह पाना उसके लिए मुश्किल हो गया। पता नहीं क्यों, हल्के-हल्के काँपते हुए उसने दोनों हाथ ऊपर तानकर क़मीज़ उठा दी, "आप ख़ुद देख लीजिए मोहनदा, ये उसके पंजों के निशान सारे कन्धों और पसलियों पर पड़े हैं या नहीं?" एक लम्बी टाँकों की लाइन और कई सफ़ेद धारियाँ सचमुच उसके कन्धे पर थीं।

"सचमुच ये शेर से लड़ने के निशान हैं?" इन्दु ने भय से पूछा।

"अब क्या है! ये शेर के क्या, ख़ुदा के बनाए निशान बताएँगे। कोई जाँचनेवाला तो है नहीं, कहीं गिर-गिरा गए होंगे या किसी कुत्ते-बिल्ली ने पंजा मार दिया होगा, आज सबको बताते हैं, शेर से लड़े हैं! शेर से लड़नेवालों की सूरत देखी है कभी शीशे में?" सुरजीत ने मज़ाक़ उड़ाते हुए कहा।

इस बार प्रकट अविश्वास से इन्दु बोली, "आप शेर से लड़े थे?"

"बोदी, हम क़सम खाकर कहते हैं, ये शेर से लड़ने के ही निशान हैं। शेर की ही एक नस्ल होती है बाघ। शेर से छोटा होता है और चीते जैसा होता है। उसी से भिड़ गए।"

मैं और इन्दु उसका क़िस्सा जानने को व्याकुल हो उठे, सुरजीत के चेहरे पर मज़ाक़ की जगह अब मुग्ध-भाव आ गया। उसने ज़रूर यह क़िस्सा पहले सुना होगा। अब कुछ हीरो की अदा से तारक ने बताया, "मोहनदा, उस वक़्त हमने एम. ए. प्रीवियस का इम्तहान दिया था। छुट्टियों के दिन थे। हम तीन लड़कों ने तय किया कि ये गर्मियाँ पहाड़ों पर काटी जाएँ। स्टूडेंट-लाइफ़ के दिन थे, पैसा बहुत था नहीं, लेकिन जोश बहुत था। सोचा, काठगोदाम से पैदल ही रानीखेत, अल्मोड़ा का चक्कर लगाया जाए। बस, साहब, चल

दिये तीनों तिलंगे। सारे दिन चलते और जहाँ मौक़ा लग जाता, वहीं सो जाते। रानीखेत में तीन-चार दिन रुकने का इरादा हो गया; लेकिन सीज़न के दिन थे। होटलवाले बात नहीं करते थे। सो, मील-डेढ़ मील नीचे उतरकर किलकोट नाम की जगह में बहुत सस्ता-सा कमरा ले लिया। सारे दिन इधर-उधर घूमते और थककर लस्त होकर सो जाते। मकानवाले ने पहले दिन ही बता दिया कि रात-बिरात ज़रा होशियारी से निकलिए, यहाँ कभी-कभी बाघ आ जाता है। कमरे में या उस घर में बाथरूम नहीं था, इसलिए निकलना तो पड़ता ही था। तीनों साथ ही निकलते। हाथ में एक-एक डंडा और टॉर्चें—बस, यही हथियार हम लोगों के पास थे। सुना था कि टॉर्च की रोशनी से बाघ डर जाता है। एक दिन चाँदनी रात में निकले तो घूमते और ग़प्पें लगाते ज़रा और ऊपर निकाल गए—सड़क पर नहीं, यों ही पहाड़ी चढ़ावों पर। ऊपर सपाट-सी जगह पर एक पत्थर पर बैठकर तीनों अपने-अपने बचपन के क़िस्से सुनाने लगे। लम्बे-लम्बे चीड़ों के पेड़ों पर चाँदनी थी और नीचे उनके तनों से लटके गमलों से बिरोज़े की गन्ध आ रही थी। अचानक सामने से सरसराहट हुई और साथ ही सामने गधे के बराबर कोई छाया खड़ी दिखाई दी। पहले तो किसी गाय-वाय का भ्रम हुआ। अब उस दिन हमारे पास न डंडा, न टॉर्च। चाँदनी के कारण टॉर्च ली नहीं और डंडा उठाते-उठाते छोड़ आए। तीन-तीन आदमियों को देखकर किसकी हिम्मत होगी, यह सोचकर। इसलिए एकदम डरकर चुप हो गए। एक-दूसरे को कुहनियों से बताया कि वो देखो, क्या है? ज़रा-सी देर में साफ़ दीखने लगा कि कोई जानवर ही आ गया है। अब वह इतनी दूर कि आवाज़ भी लगाएँ तो किसी को सुनाई न दे, फिर रात के दो बजे इतनी जल्दी कौन आता? उधर उसकी आँखें बिजली की तरह चमक रही थीं और पूँछ यों तनकर हिलने लगी थी जैसे अब उसने हम लोगों पर छलाँग लगाई, अब लगाई। पहले तो हम लोग बौखला गए, डर के मारे समझ में ही न आए कि करें तो क्या करें! हमारे और उसके बीच सिर्फ़ पन्द्रह-बीस गज़ की दूरी और हमारे आसपास न कोई पेड़ न आड़। हमारे तो हाथ-पाँव काँपने लगे,

पसीने से कपड़े भीग गए। अचानक देखा, वो दोनों उठकर एकदम भाग लिये। अब हमसे उठा ही न जाए। लगा, घुटनों में दम ही नहीं है। ख़याल आया कि अन्तिम समय आ गया और आँख बन्द करके अपने को उसके हवाले करने के सिवाय कोई रास्ता ही नहीं है। आसपास कहीं ढाल होता तो हम भागने की बजाय उसमें लुढ़क जाते, यह जानते हुए भी कि वहाँ के ढालों पर एक बार लुढ़कने के बाद हड्डी-पसली नहीं बचती। अब हमसे आँखें भी बन्द न की जाएँ, लगातार उसकी तरफ़ देखते हम पत्थर की तरह बैठे रहे। एकाध सेकेंड ही यों गुज़रा होगा, लेकिन हमें लगा, जैसे घंटों गुज़र गए। फिर पता नहीं, क्या हुआ। वह हमारे ऊपर उछला या हम दौड़कर उसके पास पहुँचे। एक बिजली-सी कौंधी और फिर हमने पाया कि हम सारी ताक़त से उसकी गर्दन को अपनी दोनों बाँहों में कसे हैं, सारे शरीर से उसके पेट से चिपके हैं और अपने दोनों साथियों को आवाज़ लगा रहे हैं। इतनी ताक़त हममें जाने कहाँ से आ गई थी या हमारे ऊपर कोई भूत सवार हो गया था कि उस समय लगा कि अगर इसी तरह उसकी गर्दन घोंट दी जाए तो छुटकारा हो सकता है। हम दोनों ज़मीन पर गुत्थम-गुत्था किये पड़े थे, तभी जाने कहाँ से दोनों साथी लौट आए और पत्थरों और ठोकरों से उसे मारना शुरू कर दिया। कुछ ही देर में उसकी सारी कसावट ढीली पड़ गई, लेकिन वो थे कि दोनों तरफ़ से लगातार बूट मारे जा रहे थे। हमने तो सिर्फ़ इतना सुना कि 'मर गया...' इसके बाद कोई होश नहीं रहा। दो या तीन दिनों बाद होश आया तो पट्टियाँ कसी थीं, घिग्घी बँधी थी। लोगों ने बताया कि बेहोशी में भी हम चिंघाड़ते थे और भागते थे, साथियों को आवाज़ें देते थे। ख़ैर, साहब इसके बाद तो अख़बारों में तसवीरें, ख़बरें, लोगों से मिलना, क्या नहीं हुआ! लौटे तो वो स्वागत हुआ कि मज़ा आ गया। कॉलेज में तसवीरें लगाई गईं। लेकिन मोहनदा, हमें आज भी विश्वास नहीं होता कि वह सब हमसे ही हुआ था।"

"अच्छा, यह सब हुआ तुम्हारे साथ?" मैंने याद करते हुए कहा, "मैंने स्टेट्समैन या किसी जगह ऐसी ख़बर पढ़ी तो थी कोई, लेकिन मुझे क्या पता

था कि वह ख़बर तुम्हारे बारे में ही थी! शायद अख़बारवालों ने लिखा था कि जिम कारवेट क्षेत्र में निहत्थे बाघ को मार डालने का यह चमत्कार पहले कभी नहीं हुआ। लेकिन तारक भाई, मुझे विश्वास नहीं होता।"

"हमें ख़ुद नहीं होता।" तारक ख़ुद विस्मय से बोला, "पहले कुछ साल तो हम भी बड़े गर्व और दम्भ से यह बात लोगों को सुनाते, अपने घाव दिखाते, तसवीरें दिखाते; लेकिन अब तो लगता है कि सब ग़लत था, वह हमने नहीं किया था। तीनों के साथ अक्सर उस बाघ की तसवीर देखकर ख़ुद आश्चर्य करते हैं कि वह हमने ही किया था? लेकिन जब भी अपने दोनों साथियों से मिलते हैं तो वे इसका ज़िक्र करते हैं, हम लोग ख़ूब लड़ते भी हैं कि साले, तब हमें मौत के मुँह में डालकर भाग गए थे, तसवीर खिंचवाते, कॉलेज में मालाएँ लेते वक़्त कैसे तनकर खड़े हो गए थे, जैसे इन्होंने ही उसे मारा है...।

फिर थोड़ी देर चुप्पी रही। सुरजीत मुग्ध थी कि उसने सचमुच एक हीरो को चुना है। आश्चर्य, अविश्वास, श्रद्धा से इन्दु की आँखें बहुत चौड़ी हो गई थीं। उसने उन निशानों को दुबारा देखा था। लेकिन मुझे फिर भी लग रहा था कि यह आदमी वह काम नहीं कर सकता। बंगाली आदमी कहानी बहुत अच्छे ढंग से सुना लेता है, सो इसने कहानी सुना दी, लेकिन किसी भी तरह वह कहानी सामनेवाले आदमी से नहीं जुड़ रही थी। मैंने बिना किसी प्रयोजन के यों की कह दिया, "आदमी तो तुम बड़े सूरमा लगते हो..."

"सूरमा-वूरमा तो हम नहीं हैं मोहनदा, बस, यों समझ लो कि तब इसके सिवाय कोई चारा रह नहीं गया था। हम उसके गले से न लिपट जाएँ तो वो हमें खा जाए।" कुछ सोचते हुए तारक बोला, "अब तो हम कभी-कभी सोचते हैं कि यह भी हो सकता था कि वो हमें थोड़ी देर यों ही घूर-घार कर चला जाता, लेकिन वो सारा वातावरण छाती पर ऐसा सवार हो गया था कि सामने इसके सिवाय कोई रास्ता ही नहीं बचा था। हम उसके छलाँग लगाने से पहले ही उसके ऊपर टूट पड़े। अब तो हम सोचने लगे हैं कि वीरता कोई ऐसा विशेष गुण नहीं है जो किन्हीं ख़ास तरह के स्वस्थ या हिम्मतवाले लोगों

में ही पाई जाती है, वह केवल एक क्षण होता है जो महीने-भर के बीमार, दिल के मरीज़ पर भी आ सकता है।"

मुझे लगा, तारक ने अपने अनुभव से एकदम सही निष्कर्ष निकाल लिया है, वह क्षण भी नहीं, आवेश-भरे दबाव का शायद एक ऐसा क्षणिक विस्फोट होता है, जिसका अनुभव सिर्फ़ कायर ही कर सकता है, क्योंकि भय और आतंक के तोड़ देनेवाले इस बिन्दु को उसके सिवाय महसूस ही कौन करेगा, यानी चरम शौर्य के काम पक्के कायर कें सिवाय कोई कर ही नहीं सकता और उस क्षण के गुज़र जाने के बाद इन पर सबसे अधिक अविश्वास अगर किसी को होता है तो केवल उसी आदमी को : अपने को समझते हुए वह किसी दूसरे आदमी की निगाह से सारी स्थिति को देखता है और स्वयं आतंकित रहता है; सचमुच क्या वह क्षण उस पर ही आया था?

इन्दु को विश्वास नहीं हो पा रहा था और वह बार-बार पूछ रही थी, "आपको उस समय कैसा लगा था?" और इन सवाल-जवाबों के बीच मुझे अपने भीतर का सोचना निहायत की विकृत और नीच लगा। सोचने का यह कोण सामनेवाले व्यक्ति के प्रति अविश्वास से ही पैदा हुआ होगा। मगर मैं इस कहानी पर विश्वास नहीं कर सकता तो अविश्वास करने का ही मुझे क्या हक़ है? सिर्फ़ एक अच्छी, मनोरंजक कहानी के रूप में ही सुन लेने में मुझे क्या आपत्ति है? इसे यों सुनने की मुझे क्या ज़रूरत है कि शौर्य आदमी का मौलिक गुण है या एक कायर का क्षणिक आवेश? अपने को झटककर मैंने कहा, "तुम तो सचमुच हीरो हो तारक..."

"यह सब मत कहिए, हमें आज पता नहीं क्यों, कहीं भीतर यह अपमान जैसा लगने लगा है...।" तारक ने बात कुछ ऐसी ईमानदरी से कही कि मुझे लगा, सच बोल रहा है।

इस तरह का हीरो चाहे वह अपने को न मान रहा हो, लेकिन दोनों को ही उस समय यह ज़रूर लग रहा था कि वे रूढ़ियों-परम्पराओं को तोड़नेवाले हीरो-हीरोइन ज़रूर हैं। हमें भी ख़ुशी हो रही थी कि न जाने कितने दिनों

बाद इस घर में वे यों अपनापन महसूस कर रहे हैं। वे दोनों दूसरे के यों ख़ुश होने पर ख़ुश थे। यह सारी कहानी कॉफ़ी के प्याले सामने रखकर कही गई थी और मुझे आश्चर्य हुआ कि एकाध बार को छोड़कर मेरा ध्यान उसके छल्लेदार काँचों की ओर नहीं गया था। ज़रूर यह चश्मा उस समय कहीं दूर जा पड़ा होगा और दूसरे दिन ही लोगों को मिला होगा। उस सारे प्यार-अपनेपन के माहौल और शौर्य की कहानी के बावजूद मेरा ध्यान गया कि तारक की खुराक़ ठेठ पंजाबियोंवाली है...मन में कहा, एकाध महीना कलकत्ता रहोगे तो फिर वही तीन-चार रोटियों पर आ जाओगे...इन्दु के मना करने पर भी सुरजीत ने जाकर बादल के साथ प्लेट-प्याले धुलवा डाले थे। रसोई और रसोई के कामों से इन्दु को निहायत ही नफ़रत है, फिर भी वह किचिन के दरवाज़े पर खड़ी-खड़ी बातें करती हुई अपनी समझ से काम में हाथ बँटा रही थी...मैंने अब तारक को माफ़ कर दिया था। मान लो, मेरा छोटा भाई ही यह सब कर आता तो मैं क्या करता? लेकिन तभी ध्यान आया कि इसने सुबह एक और कहानी गढ़कर सुनाई थी अपने बीवी-बच्चों की...मैंने इस समय तय कर लिया कि दोनों ही कहानियाँ मनगढ़न्त हैं। हो सकता है, भागनेवाले दोनों साथियों में ही यह रहा हो। बड़प्पन और हल्के प्यार से मैंने सोचा, स्साला, इन्हीं सब कहानियों से सुरजीत को बहका लाया है...'गुड-नाइट' की सांकेतिक विदाइयों के साथ हम लोग अपने-अपने कमरों में आ गए। उन लोगों ने हल्के से दरवाज़ा बन्द कर लिया, लेकिन देर तक हँसने-खिलखिलाने की आवाज़ें आती रहीं...एक बार तो सुरजीत देर तक इस तरह हँसती रही, जैसे वह उसे दबोचकर गुदगुदी कर रहा हो...!

मुझे ख़ुशी इस बात की थी कि इन्दु ने बिलकुल भी दूरी और खिंचाव के भाव नहीं दिखाए थे। अपने-आप से उठकर दूसरों की ज़िन्दगी में हिस्सेदार बनने की भावना से आपसी तनाव भी अपने-आप स्थगित हो गया था। लेकिन जैसे ही हमने अपने कमरे का दरवाज़ा भिड़ाया, अचानक एक चुप्पी का वातावरण छा गया, जैसे हम दोनों ही बहुत थक गए हों! मुझे लगा, अगर

अब हम चुप रहेंगे तो वह स्थगित तनाव फिर उभरकर सतह पर आ जाएगा। मैं उसे कपड़े बदलते देखता रहा, उस कमरे में सुरजीत भी इसी तरह कपड़े बदल रही होगी। लेटते ही मैंने कहा, "दोनों में बड़ा प्यार है..."

"शुरू में सभी में होता है।" संक्षिप्त-सा उत्तर देकर इन्दु करवट बदलकर खिड़की से बाहर झाँकने लगी। शायद उसे भी लगा कि उसकी बात में कहीं अपने लिए भी संकेत आ गया है। धीरे से बोली, "मुझे तो लड़की बड़ी समझदार, सन्तुलित और प्यारी लगी। उसके मुक़ाबले तारक में बल्कि मुझे हल्कापन लगता है। सुरजीत के न खाने पर तारक जब उसे मनुहार करके अपने हाथ से खिला रहा था तो उसे बहुत अच्छा नहीं लग रहा था। देखा नहीं, मेरी और तुम्हारी तरफ़ कैसे देख रही थी...?"

"मैंने ध्यान नहीं दिया..." अँधेरे में ऊपर घूमते पंखे पर बाहर से आती रोशनी की एक लपलपाती किरण को ताकते हुए मैं बोला। हालाँकि सुरजीत का धर्म-संकट मैंने देखा था। लेकिन सुरजीत सुन्दर थी और बात उसे घूरने पर आकर टूट सकती थी। सोचते-साचते बोलने लगा, "सारी चीज़ें इतनी आसान और सीधी नहीं हैं, जितनी हम लोग समझते हैं। बड़ा झंझट है इन लोगों के साथ..."

"हाँ, सुरजीत बता रही थी कि तारक शादीशुदा है और इसके तीन बच्चे हैं। इसलिए क़ानूनी तौर पर सारी बातें बड़ी उलझी हुई हैं। मुझे तो यही लगता है कि सब जानते-बूझते इन लोगों ने यह कर क्या डाला है?"...इन्दु कहती रही, अँधेरे में बोलती इन्दु नहीं, केवल उसका स्वर ही मुझे सुनाई देता रहा।

तो इन्दु को सारी स्थिति बता दी गई है! कहीं मन का बोझ उतरता-सा भी लगा कि उसने सारी बात को उस ढंग से नहीं लिया जिसकी मुझे आशंका थी। समाज को बदलनेवाले किसी काम में हम लोग भी अपना हिस्सा कहीं पूरा कर रहे हैं, यह भावना सुबह से मन को बड़ा सन्तोष दे रही थी। "वो कहता है कि उसने सारी बातें खोलकर सुरजीत को बता दी थीं, लेकिन मैं इस बात को नहीं मानता। ज़रूर ही छिपाया होगा और सुरजीत के घर छोड़

देने पर अगर ट्रेन या कहीं और बताया भी हो, तो उसका कोई मतलब नहीं है। सारी कहानी को कुछ इस तरह रखा होगा कि अब पीछे लौटना हो नहीं सकता, इसलिए स्थिति को जैसा का तैसा स्वीकार कर लेने के सिवाय कोई और रास्ता बचा ही नहीं है। आज तो सुरजीत का यह कहना कहीं भी ग़लत होगा कि उसे पता नहीं था।"

"सच-झूठ का तो मुझे भी पता नहीं, लेकिन सुरजीत तो यही कहती है कि उसे पता था। बल्कि वह तो यहाँ तक कह रही थी कि डैडी ने कई दिनों इस बात पर भी समझाया था। उन्होंने शायद पता लगा लिया था कि तारक शादीशुदा है और उसके तीन बच्चे हैं। इस पर इसने कह दिया कि तारक ने यह बात उसे बता रखी है। यों लड़का उन्हें भी बुरा नहीं लगता। वे तो कहते हैं कि इसके साथ झंझट न होता तो अपने व्यापार में हिस्सेदार भी बना देते। आठ-दस लाख की सम्पत्ति है और एक लड़का और यह लड़की—यही दो बच्चे हैं। लड़का आजकल जर्मनी गया है पिस्टन बनाना सीखने," इन्दु बताती रही।

"अच्छा! बड़ी बातें तुम लोगों ने कर डालीं।" मैं अपनेपन से बोला। इन्दु हरेक से इतनी जल्दी कभी घुलती-मिलती नहीं है।

"आप लोग जब मिठाई लेने गए थे तो हम लोग यही बातें कर रहे थे।"

जागने और नींद आने के बीच की स्थिति में मैं उन्हीं लोगों की बातें सोचता रहा था। अब हल्का आश्चर्य हो रहा था कि बाघवाले उस झूठे क़िस्से को सुनते हुए मेरे मन में साधारण उत्सुकता के भाव भी कैसे आ सके? यह जानते हुए कि सारी बातें गढ़ी हुई हैं और केवल सुरजीत को प्रभावित करने के लिए किसी समय कही गई होंगी और उन्हें आज भी उसी तरह निभाए चले जाना तारक की मजबूरी है। शायद इन्दु ने कहा था, "लड़की बड़ी चार्मिंग है।" या शायद नहीं कहा था। जो चीज़ मेरी समझ में नहीं आ रही थी, वह यह कि पंजाबी लड़की पर आख़िर कैसा पागलपन सवार हुआ कि सब कुछ जानते-बूझते ऐसे ख़ूँखार और ख़तरनाक बाप की चिन्ता किये बिना यों इस

गप्पी के साथ चली आई है? मुझे न किसी जाति के प्रति पूर्वग्रह है, न किसी प्रान्त के। लेकिन मैं यह मानता हूँ कि भौगोलिक और सामाजिक वातावरण आदमी के मनोविज्ञान को बनाने में बहुत बड़ा कारण होता है। बंगाल की नम और सीली आबोहवा आदमी को भावुक गदलाश्रु न बनाए, यही परम आश्चर्य है। पंजाब समतल और सख़्त प्रदेश है और वहाँ के लोग क़विता और रूमान के हवाई संसार में कम, धरती के खुरदरे स्तर पर अधिक रहते हैं। तब क्या सचमुच प्यार जैसी कोई ऐसी भी चीज़ होती है जिसमें आदमी अपना भविष्य, अपना जीवन, अपनी सुरक्षा सभी कुछ तुच्छ समझने लगता है? सिनेमा और साहित्य के संस्कार ज़रूर ऐसे हैं, लेकिन ज़िन्दगी में तो प्यार दो स्वार्थों के सम्मानजनक समझौते का ही दूसरा नाम लगता है, या बचपन का प्यार केवल एक-दूसरे के 'भूगोल' को जानने और अपने अनसमझे उद्दाम आवेग को शान्त करने का अन्धा प्रयास, जिसमें सिनेमा और हल्के उपन्यास अपने डायलॉग दोनों के दिमाग़ों में भर देते हैं। तारक इस उम्र को पार कर आया है, सत्ताईस-अट्ठाईस का होगा...सुरजीत मुश्किल से बाईस की होगी। इन्दु ने एक बार मेरे ऊपर आरोप करते हुए कहा था, "लड़कियाँ तो कुछ समझती नहीं हैं और ये शादीशुदा आदमी उनकी इस नासमझी का फ़ायदा उठाते हैं, क्योंकि इन्हें सभी कुछ पता होता है।" हो सकता है, माँ न होने की वजह से सुरजीत बहुत अकेलापन महसूस करती हो, बड़ी भावुक रही हो और शरच्चन्द्र इत्यादि पढ़कर बंगाली लोगों के लिए एक ख़ास तरह की रूमानी तसवीर मन में सँजोए रहती हो, इसलिए जो भी पहला बंगाली मिला, उसे ही समर्पित हो उठी हो...लेकिन ज़िन्दगी मैंने भी दिल्ली और उत्तर प्रदेश के पश्चिमी इलाक़ों में ही बिताई है। इन लोगों में इस तरह की रोमांटिक भावुकता गले नहीं उतरती...ख़ूब खिलता हुआ गोरा रंग, साटन और नायलॉन के एक-से-एक क़ीमती कपड़े, ख़ूब गहरी लिपिस्टिक और चमकदार सैंडिल, सड़क के किनारे गोल-गप्पे और चाट की प्लेटें लिये निश्चिन्त भाव से हँसना या स्कूटर के पीछे ख़ूब चिपककर बैठना...यही तसवीर मेरे मन में पंजाबी लड़की की उभरती है। क़ीमती रेस्तराँ

हो या सड़कें, बिना खाने की चीज़ सामने रखे मैं यों कोई भी किसी पंजाबी की कल्पना नहीं कर पाता...लेकिन अपवाद सभी जगह होते हैं और यों किसी प्रान्त की विशेषताएँ निर्धारित कर लेना, फिर हर कहीं उनका आरोप करना अपना ही दिमाग़ी ओछापन है, सोचता हुआ मैं सो गया।

हल्के झटके के साथ अचानक नींद खुल गई। कहीं कोई आवाज़ या खटका जैसा कुछ भी नहीं था। इन्दु उसी तरह करवट बदले सो रही थी। एक अश्लील-सी बात मन में आई, चुपचाप बैठक के दरवाज़े से कान लगाकर सुनूँ, अन्दर वे लोग क्या कर रहे हैं! क्या सुरजीत उसी तरह निरावरण और निस्संकोच तारक से लिपटी सो रही होगी, जैसा सामान्य स्थिति में कोई भी लड़की होगी? उसके मन में कोई 'द्विधा' नहीं होगी कि उसकी स्थिति कुछ विशिष्ट है और उसे अभी वह सब नहीं करना चाहिए...निरावरण कैसी लगती होगी? लेकिन इन्दु की ओर देखकर मैंने अपने इस इरादे को दबा दिया। मैं कान लगाए दरवाज़े पर खड़ा होऊँ, और ठीक उसी समय भीतर से दोनों में से कोई बाथरूम जाने या पानी पीने के लिए ही बाहर निकले...या मुझे भीतर न पाकर इन्दु ही बाहर निकल आए...तब मेरी स्थिति क्या रह जाएगी? फिर मैंने पाया कि मैं जिस चीज़ से चौंककर जागा था वह एक विचार था...हो सकता है, इन लोगों का पहले ही शरीर-सम्बन्ध रहा हो, फिर कुछ गड़बड़ हो गई हो और हो सकता है कि उस समय सुरजीत के सामने केवल यही रास्ता बचा हो कि वह घर में भाभी और दूसरों रिश्तेदारों की आँखों से बचने के लिए ऐसा क़दम उठाए...लेकिन दिल्ली में तो न जाने कितनी लेडी-डॉक्टर हैं जो केवल यही काम करती हैं। हो सकता है, इस तरह की सुविधा नहीं रही हो...इस स्थिति में लड़कियों के आत्महत्या कर लेने, भाग जाने के कितने केस मैंने सुने हैं। ज़रूर यही बात रही होगी...प्यार-वयार के रूमानी नशे की अपेक्षा यह कारण कहीं गले उतरनेवाला है। मुझे अपना यह विचार इतना सटीक लगा कि दिमाग़ का सारा बोझ उतर गया और मैं फिर सो गया। सुबह तय कर पाना मेरे लिए मुश्किल हो गया कि रात में सचमुच जागा था या सोते-सोते ही

यह सब सोच डाला था...केवल धुँधला-सा यही ख़याल था कि रात को एक बार उठा था तो बैठक के बन्द दरवाज़ों की दरार से रोशनी झाँक रही थी... सोचा, इशारे से कहूँगा कि यहाँ बिजली दिल्ली की तरह सस्ती नहीं है। मगर कल की उनकी पारस्परिक मुग्धता और उल्लास का ध्यान आया तो अपनी यह बात बहुत ही ओछी लगी।

सुबह फिर हम लोग उसी तरह मेज़ के आसपास बैठे थे, बेड-टी की राह में। बादल भीतर चाय बना रहा था। तारक अलसाया-सा उठकर कुर्सी की पीठ पर बाँह के सहारे लदा सिगरेट पीता हुआ कुछ सोच रहा था। मगर वह लिहाज़ में इतनी जल्दी उठ बैठा है, वर्ना शायद एकाध घंटा और भी सोता। छल्लेदार काँचों के पीछे से आँखों की लाल किनारियाँ अब एकदम ध्यान खींचती थीं। मैंने पूछा, "कहिए साहब बहादुर, कैसी नींद आई?" पूछना चाहता था, रात कैसी कटी?

"फ़ाइन! मुझे तो सब जगह नींद आ जाती है।" उसने उँगली से आँख के कोने में जम आया कीचड़ साफ़ करते हुए जवाब दिया। ढीड़ निकालने से उसकी आँख खिंचंकर बहुत लम्बी हो गई थी। "यह बैठी-बैठी बड़ी देर तक किसी को चिट्ठियाँ लिखती रहीं।" उसने ज़ोर से सुरजीत को सुनाकर कहा, "पूरा दफ़्तर खोलकर बैठी थीं, शायद दो-तीन दर्जन ख़त लिखे होंगे।" बैठक के दरवाज़े भिड़े थे और अभी सुरजीत अन्दर ही थी।

बादल चाय रख गया तो इन्दु ने पुकारा, "आओ भाई सुरजीत, क्या कर रही हो?" और वह प्याले सीधे करके चाय बनाने लगी।

"आई!" कहकर सुरजीत जब बाहर निकली तो उसके एक हाथ में झाड़ू और दूसरे में समेटा हुआ कचरा था। वह बैठक झाड़कर निकल रही थी।

"अरे, तुम्हें ये सब करने की क्या ज़रूरत थी?" मैंने नक़ली डाँट से उसे झिड़क दिया, "बादल कर लेता न! दो दिनों को आई हो और यह सब कर रही हो।"

"फिर हो जाता बाद में..." इन्दु ने ख़ुद चाय का प्याला उठा लिया था।

"क्या हुआ भाभी, हम लोग बाहर के बनकर कब तक रहेंगे?" बड़े स्वाभाविक लहजे में कहकर सुरजीत ने वाश-बेसिन के पास रखी टोकरी में कचरा डाला, झाड़ू टिकाई और हाथ धोकर सामने आ बैठी।

तारक ने किसी क़दर सख़्त आवाज़ में कहा, "हाँ, सारा दिन तो पड़ा था। पहले चाय पी लेतीं। सारी रात तो चिट्ठियाँ लिखती रही हो...।"

लगा, वह सफ़ाई दे रहा है कि रात-भर वह सोया है और सुरजीत चिट्ठियाँ लिखती रही है। उन्होंने और 'कुछ' भी नहीं किया। हँसी आई। अगर पूर्णिमा के साथ कहीं गया होता तो शायद मैं भी ऐसा ही व्यवहार करता...मैंने सुरजीत के चेहरे की ओर देखा। हल्की सलेटी, सूती साड़ी में भोली और सुथरी लग रही थी। जब कचरा लेकर इधर से गई थी तो अनजाने ही सारे शरीर का मुआयना किया था। सोते में ही सही, वह अपना विचार मुझे काफ़ी नीच और निराधार लगा। इस लड़की के साथ ऐसा कुछ भी नहीं हुआ। कहीं बड़ा निश्छल और एकान्त प्यार ही इस सबके पीछे है। इन लोगों को 'शरण' और 'सहायता' देने में यही भावना तो मेरे अवचेतन मन में नहीं है कि मैं अपनी और पूर्णिमा की ऐसी ही स्थिति की कल्पना करता हूँ? हाँ, शायद यही है। आश्चर्य हुआ कि कल से यह बात अभी तक मेरे मन में क्यों नहीं आई...?

तारक उसी तरह मेरी सिगरेटें फूँक रहा था। आँखों के कोनों पर एक-एक सफ़ेद बूँद जैसा कीचड़ मन को बेचैनी से भर देता था। एक-एक नथुने को बारी-बारी से साफ़ करते हुए बोला, "इन-फ़ैक्ट मोहनदा, चिन्ता के मारे नींद हमें भी रात-भर नहीं आई। यहाँ तो गद्दी जैसी परेशानी और असुविधाएँ नहीं हैं, फिर भी..."

इस बार कुछ अधिक खुलकर सुरजीत ने कहा, "तीन-चार दिन हो गए, ठीक से सोते नहीं हैं। मैं कहती हूँ, इस तरह परेशान होने और चिन्ता करने से क्या फ़ायदा! जो कुछ करना-कराना है सो करो..."

"करो, तुमने तो कह दिया।" झल्लाकर वह बोला, "कल को वारंट आएगा, दोनों हवालात में होंगे, तब तुम्हीं रोओगी कि मुझे कहाँ लाकर फँसा दिया?"

"तो भाई, जो भी करना है, वह करना तो होगा ही न?" सुरजीत ने उसी शान्त स्वर में समझाते हुए कहा, "यों बैठकर वारंट की राह देखने से कैसे काम चलेगा? इस तरह तो पास के सौ-डेढ़ सौ भी ख़त्म हो जाएँगे तो हम लोग क्या करेंगे?"

"तुम बकवास मत करो..." बात के साथ ही शायद उसे हम लोगों का ध्यान आया। अपने को रोककर गहरी साँस लेते हुए बोला, "हाँ, यही तो सोच रहा हूँ। गोयल ने अपने किसी वकील दोस्त से सलाह ली है। वो कहता है कि सबसे पहले बनारस जाकर पहली शादी को ख़त्म करो। कोर्ट में जाकर नालिश करो कि यह औरत बदचलन है और दस साल से मेरे इससे या अपने घर से कोई सम्बन्ध नहीं है। ये दोनों लड़के पता नहीं किसके हैं...वह शादी ख़त्म होगी, तभी यह शादी हो सकेगी और क़ानूनी मानी जाएगी।"

शायद इन्दु के मन में भी यही बात आई कि दस साल बनारस न जाने और पीछे से बच्चे हो जाने का क़िस्सा इसी मंशा से गढ़ा गया है। मैंने पूछा, "लेकिन तुम यह कैसे साबित करोगे कि तुम बनारस गए ही नहीं? पत्नी अपने माँ-बाप के साथ रहती है या तुम्हारे?"

"रहती तो हम लोगों के ही साथ है।" वह उसी तरह आँखें मलता रहा। रात के पान से उसके दाँत बेहद मैले थे और बातें करते हुए तार छूटते थे। "और हमारे घरवाले भी उसी का साथ देंगे...एक तो इस तरह शादी करना और वो भी पंजाबी लड़की से...वो किसी भी तरह बर्दाश्त नहीं करेंगे। अभी भी वो साले अपने को इज़्ज़तदार बनारसी बंगालियों में समझते हैं।"

"तो?" मन में आया, ये क़ानूनी बातें इसने कल क्यों नहीं बताई थीं?

"इधर गोयल के दोस्त का कहना है कि अगर सुरजीत के डैडी ज़िद पर ही आ जाएँ तो बनारस जाकर उन्हें भड़का सकते हैं। मेरी वाइफ़ और उसके घरवाले मेरे ऊपर बहु-विवाह का केस बड़ी आसानी से चला सकते हैं। दूसरी लड़की को पत्नी की तरह रखना या एक के रहते दूसरी शादी करना आज पहले की तरह आसान तो रह नहीं गया है..." वह सुरजीत की ओर देखता रहा।

"लेकिन ये सब न आपके घरवाले करेंगे, न इनके डैडी।" इन्दु ने इस चिन्ता को एकदम रद्द कर दिया और उठ खड़ी हुई।

"नहीं भाभी, बात ऐसी नहीं है। डैडी ज़िद पर आ जाएँ तो ख़ुद पैसा देंगे इनके घरवालों को और कहेंगे कि कोर्ट में दावा करो। पैसे की तो चिन्ता उन्हें है ही नहीं...।" सुरजीत बोली।

"मान लो और कुछ न करें तो कलकत्ते में दो गुंडे पीछे लगाने का काम तो जब चाहें तभी कर सकते हैं।" तारक ने इन्दु से मुख़ातिब होकर बताया।

"ऐसा करेंगे तो ख़ुद बचे रहेंगे?" इन्दु तेज़ स्वर में बोली, "हर कोई जानता है कि उन्हें आपसे क्या शिकायत है।"

"मरवाकर हुगली में फिंकवा दिया तो बाद में कुछ भी होता रहे...।" तारक की आवाज़ काफ़ी बुझी हुई थी। "और वो पैसेवाले आदमी हैं। उनका कुछ भी नहीं होगा। इनका भी कुछ नहीं है। दो-चार साल बाद किसी मेजर-कर्नल की बीवी बनी मौज़ कर रही होंगी।"

"बस भाभी, मुझे इनकी इस तरह की बातों से ही ग़ुस्सा आ जाता है।" भड़ककर सुरजीत बोली, "डैडी जैसे हैं, वैसे हैं। मैंने तो उन्हें बनाया नहीं है। ये सारी बातें तो इन्हें पहले सोचनी चाहिए थीं।" उसकी आँखों में आसूँ आ गए, पता नहीं, अपने ऊपर अविश्वास से या डैडी-निन्दा से। "तब तो छाती ठोंककर बोले थे कि मैं शेर से लड़ा हूँ, मुझे तुम्हारे डैडी की क्या फ़िकर..."

मुझे यह सारी बहस बहुत ही हवाई लग रही थी। दोनों हाथ फैलाकार बहस समाप्त करने के अन्दाज़ में कहा, "यार, ये सब तो जब होगा तब देखा जाएगा। अभी तो ऐसा कुछ भी नहीं है न! सबसे पहले तो तुम लोग यहाँ कोई जगह तलाश कर लो, कोई नौकरी खोज लो। पैर टिकाने की जगह हो जाएगी तो सब बातों का सामना किया जा सकेगा...अगर इनके डैडी या तुम्हारे घरवाले कुछ न करें तो साल-छह महीने यों ही चुचाप गुज़ार दो...।"

"यही तो मैं समझाती हूँ इनको, मगर..." सुरजीत ने जान-बूझकर अपनी बात आधी ही रहने दी।

"समझाती हूँ, समझाती हूँ...ख़ुद तो कुछ समझती हो नहीं! अच्छा लगेगा जब हथकड़ी पड़े हुए वापस दिल्ली पहुँचेंगे?" तारक ज़ोर से डाँटकर बोला।

मुझे लगा, उसकी आँखों में जो भाव आ गया है, उसका बाघवाली कहानी से कोई-न-कोई सम्बन्ध ज़रूर है।

फिर जैसे एकदम सन्नाटा छा गया। सुरजीत पहले चुपचाप बैठी रही। कुछ पल बाद चुपचाप उठकर रसोई में चली गई। साथ ही दो प्याले उठाती ले गई। दुबारा आई और बाक़ी प्याले, टी-पॉट ले गई। अभी जो भाव मैंने तारक की आँख में देखा था, वह क्या मेरा भ्रम था?

"तारक, इस तरह भड़कने से कोई फ़ायदा नहीं है।" मैंने सख़्त आवाज़ में कहा, "सुरजीत ठीक ही तो कहती है। इस तरह की अनिश्चित स्थिति में कितने दिन काटोगे? कुछ-न-कुछ तो करना ही होगा। यों मेरी या किसी और दोस्त की बैठकों और गद्दियों में कितने दिन निकलेंगे? आख़िर एक लड़की को लाए हो तो किसी ज़िम्मेदारी पर लाए हो या यों ही? उसके लिए कोई प्रबन्ध नहीं करोगे? वह भी तो किसी उम्मीद पर तुम्हारे साथ चली आई है न..."

"तो दादा, मैंने मना कब किया?" वह एकदम ठंडा हो गया। अपने ग़ुस्से पर पछतावे के स्वर में बोला, "उसकी कोशिश नहीं कर रहा हूँ, ऐसा नहीं है। कल रेडियो में बात हुई है। आज जाऊँगा।"

"रेडियो में क्या है?" मैंने पूछा, "बाघ मारने पर कोई टॉक देगा क्या?"

"ये सितार बहुत अच्छा बजाते हैं। दिल्ली रेडियो पर सोलो प्रोग्राम देते रहे हैं। यहाँ कल किसी रेडियोवाले से बातें हुई हैं। हम लोग गए थे।" अन्दर से सुरजीत ने इस तरह कहा जैसे कुछ हुआ ही नहीं!

"तब तो बहुत ही अच्छा है। जब तक स्थायी कुछ न हो, यह तो बहुत सुन्दर रहेगा। आसानी से मिल भी जाएगा। तुम्हारे नाम के आगे जो दत्ता लगा है, वह यहाँ और भी काम आएगा।" मैंने उस वातावरण को तोड़ने के लिए अतिरिक्त उल्लास में कहा, "लेकिन यार तारक, तुमने कभी बताया नहीं..." मन में आया, साला गुणी है।

"अब ज़रा दिमाग़ी निश्चिन्तता मिले तो आपको हम ख़ूब सुनाएँगे। सितार लाने तक का तो होश रहा नहीं। पता नहीं, यहाँ नये सितार पर कितने दिनों में हाथ बैठे...।" वह खिल उठा था कला की बात सुनकर...।

नाश्ता सुरजीत ने ही बनाया था। चाय के साथ वही भीतर से प्लेटों में लगाकर भी लाई थी—आलू-गोभी भरे पराँठे और तले हुए टोस्ट...इन्दु इस बीच अन्दर बैठकर कॉपियाँ जाँच रही थी। फिर वही कल का पारिवारिक वातावरण उभर आया था। मैंने कहा, "सुरजीत, तुम तो बहुत ही कुशल गृहस्थिन हो...तारक को हिन्दं-केसरी बना दोगी..." अपने-आप शब्द आया, 'शेरमार'। साथ ही ध्यान आया, मेरी बात इन्दु के लिए व्यंग्य बन रही है।

तारक ख़ुश हो गया, "कहाँ मोहनदा, अभी तो टी. बी. का मरीज़ हो रहे हैं। फ़िकर के मारे खाना-सोना कुछ भी अच्छा नहीं लगता।" लेकिन फिर मुग्ध-भाव से सुरजीत को निहारकर बोला, "इन्हीं गुणों ने तो मुझे इनका पालतू बना डाला है...जीत, एक दिन बोदी को दोसे बनाकर खिलाओ। बोदी, ये बहुत अच्छे दोसे बनाती हैं...।"

"कहाँऽऽ?" सुरजीत शरमा रही थी।

कुछ देर बाद तारक ने सूचना दी, "बोदी, आज हम लोग बाहर ही खाएँगे। पहले तो गोयल के यहाँ जाएँगे, फिर उसके साथ जगह और काम की तलाश में शायद इधर-उधर दो-एक जगह जाना पड़े...।"

"तो नाश्ता तुम लोग अच्छी तरह कर लो।" मैंने सुबह की बातों का प्रभाव देखने के लिए कहा, स्नेह से।

"मैं तो इन मामलों में शरमाता ही नहीं। आप इन्हें कहिए, यही भूखी रह जाती हैं।" तारक शायद सुरजीत को मना रहा था। उसने खाने के बराबर ही नाश्ता किया था। फिर वे जल्दी-जल्दी कपड़े बदलकर निकल गए थे। दरवाज़े में जब उन्होंने, 'अच्छा, शायद शाम को देर से आएँगे।' कहकर विदा ली तो उड़ती टाई और भीनी सेंट की ख़ुशबू, सलीक़े की साड़ी और दोनों की स्वस्थ

देह को देखकर लगा—सुचमुच, जोड़ी बुरी नहीं है। तारक के हाथ में सुरजीत के लिखे रातवाले ख़त थे और उसके पास पर्स...सुरजीत ने जाते समय बैठक एकदम साफ़-सुथरी कर दी थी, जाने से पहले सभी कुछ क़रीने से कर गई थी...

मैं यों ही बालकनी पर आ गया, पास ही तारक के बनियान-मोजे-रूमाल सूख रहे थे। नहाकर निकलते समय सुरजीत बाँह पर लाई थी, उसी ने धोए थे। तारक उस समय शीशा सामने रखे मुँहासों की कीलें निकाल रहा था। मुझे उसके छल्लेवाले काँच याद आए।

कुछ दूर सड़क पर मोड़ लेकर जो टैक्सी स्यालदा की तरफ़ गई थी, उसमें शायद वही दोनों थे—ख़ुश और गद्‌गद...।

अगले दिन सुबह फिर वही चाय। तारक नहीं था। वह अभी भी बैठक के भिड़े किवाड़ों के ही पीछे था। सुरजीत ने शायद पहले ही बैठक झाड़ दी थी। निकली तो दरवाज़ा फिर सावधानी से बन्द कर दिया। चाय भी वही बनाकर लाई थी। पूछा, "तारक सो रहे हैं क्या?"

"उनके सिर में बहुत दर्द है।" सुरजीत ने गम्भीर भाव से बताया, "रात को देर तक सिर दबाती रही। कल हम लोग बहुत घूमे थे न..."

"कहीं कुछ हुआ?" इन्दु ने पूछा।

मुझे पता था कि अब वह चाहने लगी है कि ये लोग जल्दी से अपना प्रबन्ध कर लें। एक तो हम लोगों की अपनी ज़िन्दगी केवल खाने और सोनेवाले कमरों में ही क़ैद हो गई थी; दूसरे, इन्दु मेहमानों से बहुत जल्दी ऊब जाती है।

"थोड़ी देर गोयल जी से बातें हुई थीं। फिर हम लोग गांधी घाट चले गए।"

"कहाँ, सोदपुर?" मैंने एकदम पूछा। कल ये लोग ग्यारह के आसपास लौटे थे।

"हाँ, शायद यही नाम है। वहाँ से बैलूरमठ, दक्षिणेश्वर आए सो बहुत ही थक गए। चौरंगी पर खाना खाया। बस, इसी में बहुत देर हो गई।" सुरजीत हुलसकर कहने लगी, "कलकत्ता अच्छी जगह है। मैंने तो पहली बार देखी है। गांधीघाट बड़ा ख़ूबसूरत बनाया है।"

"हाँ, पहली बार तो सभी शहर बहुत अच्छे लगते हैं। फिर इस पर भी कोई जगह निर्भर करती है कि साथ कौन था।" मैंने परिहास से कहा। आश्चर्य इन्दु को भी हुआ था। जैसी परेशानियों और उलझनों की बातें कल हुई थीं, उनके बीच यह घूमने-मटरगश्ती करने की बात खटकती थी। अपने को समझाया, परेशानियाँ अपनी जगह हैं, नई लड़की के साथ ज़िन्दगी बसाने के सपने अपनी जगह। इन्दु कभी अच्छे मूड में हुई तो कहूँगा कि तुम्हें सुरजीत को कम-से-कम एक साड़ी तो देनी ही चाहिए...

सुरजीत ने चाय जल्दी ख़त्म कर दी और एक प्याला वहीं से बनाकर तारक के लिए भीतर ले गई। थोड़ी देर में निकलकर सीधे बादल के पास एक रुपये का नोट बढ़ाते हुए बोली, "जरा दो गोली एनासिन की ले आना...।"

"ज़्यादा सिर-दर्द है क्या?" मुझे लगा, तारक के पास उसकी तबीयत पूछने जाना चाहिए।

भीतर गया तो तारक ज़मीन पर बिछे बिस्तरे पर ही अधलेटा, एक हथेली पर चाय-कप रखे कुछ सोच रहा था, दूसरे हाथ की उँगली से आँखों की कीचड़ निकालता जाता था। चश्मे के छल्लों पर दरवाज़े की चौखटें बनी थीं। जगह छोटी थी इसलिए कुर्सियों को दीवार के सहारे खिसकाकर ही बीच में बिस्तरा लगाया जा सकता था। मुझे देखकर पीछे की कुर्सी का सहारा लेकर ज़रा और उठ आया।

"क्या हो गया तारक?" मैंने सहानुभूति से पूछा और बिस्तर पर ही बैठ गया।

सुरजीत ने इधर-उधर फैले कपड़े समेटकर एक तरफ़ रखी अटैचियों पर रख दिये। अटैचियों के पास और ऊपर तेल की शीशियाँ, कंघा-शीशा, शेव का सामान और ब्रश-पेस्ट भी रखे थे।

"कुछ नहीं। यों ही रात से ज़रा-सा सिर-दर्द हो रहा है।" वह अपराधी-सा सुरजीत की ओर देखकर सूखे होंठों से मुस्कराया। "मुझे कभी-कभी हो जाता है। दो एनासिन खा लूँगा, अभी ठीक हो जाएगा।"

"अरे ये तो आप आर्टिस्ट लोगों की ख़ास बीमारी है।" मुझे भी लगा कि कोई ख़ास बात नहीं है। सिगरेट जलाकर पूछा, "क्या रहा कल?"

"गोयल से बहुत सी बातें होती रहीं। वह तो यही कहता है कि सुरजीत को कुछ दिनों को उसके यहाँ छोड़कर बनारस चला जाऊँ और या तो घरवालों को समझा-बुझाकर लिखवा लूँ कि उन्हें इससे कोई आपत्ति नहीं है, या सीधे क़ानूनी रूप से पहली शादी का निपटारा करा लूँ।" उसने मेरी डिब्बी से निस्संकोच सिगरेट निकालकर सुलगा ली। क्या वह सुरजीत से आँखें चुरा रहा था?

"अगर यह समझ में आता है तो यही कर लो।" मुझे सहसा ध्यान आ गया हो, इस तरह कहा, "और हाँ, मैंने अपने एक जान-पहचानवाले से बातें की हैं। तुम जानते हो, यहाँ का सारा बिजनेस तो मारवाड़ियों के ही हाथों में है। वे लोग निहायत दक़ियानूसी हैं और दिल्ली की तरह दफ़्तरों में लड़कियाँ नहीं रखते। फिर भी एक चाय-कम्पनी है—बागड़ी-टी-ट्रेडर्स। उसमें चिट्ठियाँ-विट्ठियाँ चढ़ाने का काम सुरजीत कर ले तो क्या बुराई है? एक तरह से डिसपैच-क्लर्क की जगह है। डेढ़ेक सौ दे देंगे। इनका भी मन लगा रहेगा। फिर कोई अच्छी-सी जगह तलाश कर लेंगे।" मैंने डरते-से एक काग़ज़ उसके सामने कर दिया, "इस नम्बर पर किसी भी समय तुम या सुरजीत हरीश बागड़ी से मिलकर बातचीत कर लो...।"

सुरजीत शायद सुनने के लिए दरवाज़े पर ही खड़ी हो गई थी। बोली, "भाई साहब, मुझे तो किसी भी तरह का कोई काम करने में संकोच नहीं है। मैं आज ही बात कर लूँगी।"

"हाँ, यही ठीक रहेगा।" सोचा, लड़की की आवाज़ सुनकर मारवाड़ी ज़रूर पिघल जाएगा। समस्या का हल निकालने की तरह बोला, "तुम बनारस या दिल्ली, जहाँ भी ज़रूरत हो, चले जाओ। बाद में इस काम की वजह से इनका मन भी लगा रहेगा। कुछ-न-कुछ तो करना ही होगा। बैठे-बैठे यों भी दुनिया-भर की खुराफ़ातें आएँगी..."

तारक कुछ नहीं बोला और छल्ले झलकाता हुआ एक के बाद एक कश लगाता रहा। फिर चश्मा पीछे ठेलकर कहने लगा, "मोहनदा, मैं एक ख़त की राह देख रहा हूँ। दिल्ली में मेरा एक दोस्त है, उसे लिखा है। शादी में वह गवाह भी था। वह उस कॉलेज के प्रिंसिपल से भी मिलेगा। वहाँ तो अब मुझे रखा नहीं जाएगा, लड़कियों का कॉलेज है। मैंने वहाँ आठ साल पढ़ाया है, कुछ प्रोविडेंट-फ़ंड पड़ा है, डेढ़-दो हज़ार। वह दोस्त ज़रा कोशिश-वोशिश करके वह रुपया जल्दी भिजवाने की कोशिश करेगा। यह भी लिखेगा कि इनके डैडी आजकल किस फ़िकर में हैं...।"

"आप समझते हैं, डैडी चुपचाप बैठे होंगे?" सुरजीत ने दरवाज़े में खड़े-खड़े ही बात काटकर कहा, "उस प्रिंसिपल से मिलकर उसे डराया-धमकाया नहीं होगा? वो इतनी आसानी से वहाँ से रुपया निकलवा लेने देंगे?"

"वो हमें फाँसी पर चढ़ा देंगे, गोली मार देंगे!" तारक एकदम भड़ककर चीख़ उठा, "बड़े लाट साहब आए, रुपया नहीं निकालने देंगे! क्यों नहीं निकालने देंगे रुपया? उनके बाप का राज है?"

"तारक, इस तरह भड़को मत।" मेरी आवाज़ सख़्त हो गई, "एक तो फ़ंड का रुपया तुम्हें इतनी आसानी से मिलेगा नहीं। अगर इस्तीफ़ा वग़ैरा बाक़ायदा दिया गया है, तब भी दो-चार महीने लग जाना तो मामूली बात है। इसके आधार पर तुम कोई योजना नहीं बना सकते। दूसरे, तुम समझते हो कि सुरजीत के डैडी तुम्हारे लिए रुपये का चैक भेज देंगे कि लो बेटे, तुमने बड़ा अच्छा काम किया है, ये रुपये लो और मस्ती मारो...?"

"हम तो कुछ नहीं कहते। यही कहती रहती हैं कि वो इन्हें बहुत प्यार करते हैं। आज भी अगर ये लिखें कि मैं तकलीफ़ में हूँ तो दो-चार हज़ार तो उनके लिए कुछ भी नहीं है।" बची हुई चाय का घूँट भरकर पत्तियाँ वापस प्याले में थूकते हुए वह बोला।

मैं आश्चर्य से घूरता रहा, "आर यू मैड तारक?" मैंने फिर उसकी आँखें में ग़ौर से देखा।

मगर बात अनसुनी करके सुरजीत ने उद्धत-भाव से होंठ मरोड़कर कहा, “हाँ, मैं कहती हूँ कि अगर आज लिख दूँ तो लाख नाराज़ी के बावजूद वो मुझे एकदम रुपया भेज देंगे, बाद में भले ही गला काट डालें। मैं मर भी जाऊँगी तो नहीं लिखूँगी! क्यों लिखूँ? इसी बूते पर घर छोड़कर आई थी?”

“हाँ, हाँ, दो गुंडे पकड़कर हमें छुरा मार दें और हुगली में फेंक दें, आप तो इसलिए आई थीं।” विकृत स्वर में तारक बोला। एक बार सामने खड़ी सुरजीत को ग़ुस्से से घूरा और फिर सिगरेट के गुल को ताकने लगा। उसकी कोरों में अटकी सफ़ेद बूँदें बड़ी-बड़ी लगने लगीं।

मैं विक्षुब्ध हो आया। ये सब क्या हो रहा है?...“तारक, इन सारी बातों में कुछ भी नहीं रखा है। जो स्थिति है, उसका सामना करो। उस पर सोचो। इस लड़ने-भिड़ने में तुम आपसी सद्भाव ही ख़त्म करोगे। मैं फिर कहता हूँ कि समस्या सीधी-सादी यही है कि पहले रहने की जगह, इनकी या अपनी नौकरी और फिर धैर्य और साहस से समस्या को सुलझाना। तुम्हें बनारस-दिल्ली भाग-दौड़ लगानी पड़ सकती है, इसलिए अच्छा यही हो कि पहले इनकी नौकरी का कोई इन्तज़ाम कर लो।”

“यही मैं इनसे कहती हूँ भाई साहब, लेकिन पता नहीं इन्हें क्या हो जाता है! जब देखो तब उठाके डैडी को कोसने लगते हैं। अरे डैडी जैसे हैं, मैं अपने-आप भुगत लूँगी। तुम रहने और नौकरी का कुछ इन्तज़ाम करके अपने बनारस फ्रंट को सँभाल लो।” फिर मेरी ओर देखकर निश्चय से बोली, “मैं आज ही मि. बागड़ी से बातें करूँगी। कम-से-कम रहने-खाने की तो फ़िक्र मिटे।” और वह झमककर अन्दर चली गई। शायद जाकर पूछने लगी कि नाश्ते में क्या बनेगा।

मुझे जल्दी ही ऑफ़िस जाना था। “बागड़ी से ज़रूर बातें कर लेना,” कहकर मैं बिना तारक की ओर देखे जल्दी से निकल आया।

नाश्ते पर भी तारक नहीं आया, सुरजीत ने भीतर ही ले जाकर दे दिया। उसके संजीदा और तने चेहरे से लग रहा था कि कुछ और भी बात हुई है...

शाम को हमें बाहर ही एक दोस्त के यहाँ खाना था। इन्दु ने रास्ते में इतना ही बताया कि दोनों नहा-धोकर, खा-पीकर गए हैं और शाम के लिए मना कर गए हैं। शायद जान-बूझकर उसने इस बारे में अधिक बातें नहीं कीं। लौटते हुए कहा, "इन शर्मा-लोगों को भी अपने यहाँ खाने पर बुलाना है। दो बार हम इनके यहाँ हो आए हैं।"

"इन्हीं दिनों बुला लो। सुरजीत भी मदद कर देगी। बहुत अच्छा खाना बनाती है। एक तरह तो यह बहुत सुविधाजनक रहेगा।" मैं जान-बूझकर सुरजीत की और तारीफ़ को दबा गया। घर के बाहर से जब मैं उसके बारे में सोचता तो घर के कामों में हिस्सा बँटाते हुए इधर-उधर घूमती हुई उसकी तसवीर ही मन में आती और अच्छा लगता, जैसे छोटे भाई की बहू आ गई हो!

"बुला लो। लेकिन उठने-बैठने की जगह कहाँ है?" कुछ चिढ़कर इन्दु ने कहा, "वही एक बैठक है, सो उसमें इनका सामान रखा है...।"

मैं कहना चहता था कि सामान एक दिन को अपने कमरे में रखा जा सकता है। लेकिन यह न कहकर हल्के ढंग से जवाब दिया, "दो-चार दिनों में ठीक हो जाएगा यार, ऐसी बातों में चार-छह दिन तो लग ही जाते हैं। ये लोग यों तो ज़िन्दगी काट नहीं सकते। कुछ-न-कुछ इन्तज़ाम तो करेंगे ही..." लेकिन इन्दु के कसे हुए होंठ देखकर बात वहीं छोड़ दी।

अगले दिन भी सुबह तारक नहीं निकला। ज़रा-सी देर को सुरजीत बाहर आई, यह बताने कि तारक को हल्की हरारत है और वह अन्दर बैठी उसका सिर दबा रही है। बादल ने चाय बना दी थी। अपनी और तारक की चाय वह अन्दर ही ले गई। किवाड़ वापस बन्द कर लिये। मैं चुपचाप अख़बार देखता चाय पीता रहा, इन्दु गम्भीर भाव से स्वेटर बुनती रही। रात को भी ये लोग काफ़ी देर से आए थे। हम लोगों को ही आते-आते दस बज गए थे। मैं देर तक जागता रहा कि ये आ जाएँ तभी सोने जाऊँ। फिर बादल से दरवाज़ा खोलने को कहकर भीतर जाकर सो गया। आज भी सोते-सोते अचानक नींद टूट गई थी। कुछ देर

बाद समझा कि दोनों में कुछ कहा-सुनी हो रही है। शायद तारक ही डाँट रहा था। कुछ देर चुपचाप सुनने की कोशिश करता रहा। जब पूरी बात समझने के इरादे से पानी पीने बाहर निकला तब तक वे शान्त हो गए। सुबह सुरजीत के चेहरे पर मैं रात के झगड़े के चिह्न देखने की कोशिश करता रहा।

आज भी काफ़ी देर इन्दु राह देखती रही कि शायद रोज़ की तरह सुरजीत आकर नाश्ते के लिए पूछेगी कि क्या बनेगा। कुछ देर बाद उसने बादल से ही नाश्ता बनाने को कह दिया। नाश्ता अन्दर ही भेज दिया गया। बादल लेकर गया था। तारक ने उससे तभी कहा था कि आकर कमरा साफ़ कर जाए। दस गज़ के फ़ासले से ज़ोर से बोली गई सारी बात सुनाई देती थी।

शाम को लौटकर पाया कि इन्दु और सुरजीत खाने की मेज़ पर बैठी बातें कर रही हैं। उसे देखते ही मुँह से निकला, "अरे, तुम शाम को यहाँ? तारक कहाँ है?"

"मैं तो अभी आधा घंटा पहले आई हूँ। वे अपने दोस्तों के साथ कहीं गए हैं।" मुस्कराकर सुरजीत ने बताया। रात के झगड़े की बात अब पूछ लूँ?

मैं सीधे अन्दर गया। कपड़े बदले, मुँह-हाथ धोकर जब मेज़ पर आया तो रसोई से सुरजीत ट्रे में चाय और मठरियाँ लिये निकल रही थी। चाय की इच्छा भी थी। गरम चाय की घूँट गले में गई तो विनोद से इन्दु ने कहा, "सुरजीत के आने से तुम तो एकदम नवाब साहब हो गई हो...मेरे लिए चाय-वाय बनाना भी अब इसी का काम है?"

"तो क्या हो गया? मेरी छोटी बहन नहीं है यह?" स्नेह से उसे निहारकर इन्दु बोली। लगता है, आज मूड कुछ ठीक है। "अपना घर है। काम करती है तो क्या हो गया?" उसने सुरजीत के कन्धे पर हाथ रख दिया, "क्यों जीत?"

"भाई साहब, दिल्ली में तो मैं ही सारा घर देखती थी। और कोई था ही नहीं। भाभी को आए दो-तीन साल हुए होंगे। फिर भी अभी तक डैडी का सारा काम तो मेरे ही ज़िम्मे था। उन्हें और किसी के हाथ का काम पसन्द ही नहीं आता। रूमाल भी लेना होता था तो आवाज़ देते, 'जीत', अक्सर कहते थे कि जब तू

चली जाएगी तो मैं अनाथ हो जाऊँगा। ज़िम्मेदारी भी क्या रहेगी तब! पहाड़ पर एक छोटी-सी कॉटेज लेकर ज़िन्दगी गुज़ार दूँगा। अब पता नहीं, क्या हालत हो रही होगी? ग़ुस्सा चाहे जितना तेज़ हो, लेकिन एक बात मैं जानती हूँ कि आज भी सामने जाकर खड़ी हो जाऊँ तो एक शब्द नहीं बोल सकते...।" उसकी बड़ी-बड़ी गुलाबी आँखों की निचली कोरें पानी से डबडबाकर भारी हो आईं।

इन्दु ने प्यार से उसके कन्धे पर हाथ रखकर पल्ले से आँखें पोंछ दीं। समझाया, "ये सब क्या है जीत, पगली कहीं की! अरे बाप का दिल तो बाप का ही है, बच्चे चाहे जो कर लें। दो-चार महीने में सब ठीक-ठाक हो ज़ाएगा तो तुम अकेली दिल्ली चली जाना। ख़ुश हो जाएँगे।" लगा, अपने माँ-बाप के ध्यान से ख़ुद उसका गला भर्रा आया।

"आज भी जो उनका ख़त आया है, उसमें लिखा है कि 'अगर तुम चाहो तो बेधड़क चली आओ। मैं तुम्हें माफ़ कर दूँगा। लेकिन उसका मुँह भी नहीं देखना चाहता। उसने इतनी ग़ैर-ज़िम्मेदारी का काम किया है कि उसे गोली मार दी जानी चाहिए। तुमसे शादी ही करनी थी तो पहले अपनी पुरानी शादी का झंझट ख़त्म करता...' फिर लिखा है कि 'लेकिन उसमें इतनी उलझनें हैं कि एकाध साल वह मामला सुलटेगा नहीं, और उस आदमी में इतना गुर्दा नहीं है कि घर जाकर कुछ तय करे...तुम्हारी इस शादी का कोई अर्थ नहीं है, यों ही 'दत्त' अपने नाम के पीछे लगाने से कहीं शादियाँ होती हैं! तुम्हें अच्छा लगेगा कि चार साल बाद तुम पाओ, तुम्हारे दो बच्चे हैं और तुम्हारी हैसियत एक रखैल से बेहतर नहीं है...' यही सब लिखा है। रुपये की बात भी लिखी है कि 'अगर तुम्हें कोई दिक़्क़त हो तो इस पते पर जाकर रुपये ले सकती हो। चाहो तो वहाँ ख़ुद तुम अकेली जाकर रह सकती हो, उस बदमाश के साथ बिलकुल भी नहीं। उसकी ख़बर तो मैं लूँगा...'।"

"ये सब लिखा है?" मैंने मन-ही-मन सरदार की तारीफ़ की। आदमी निगाहवाला लगता है। बाप का दिल और अनुभवी आँखें हैं। अचानक ख़याल आया तो पूछा, "यह ख़त कहाँ आया? तुमने ख़ुद पत्र लिखा था उन्हें?"

इस बार सुरजीत हिचकिचाई। सोचकर बोली, "मैंने लिखा था..." फिर सुधारा, "इन्होंने लिखाया था।"

अनचाहे ही मुझे ग़ुस्सा आ गया, "क्यों लिखवाया था? और तुमने लिखा क्यों? यह बताने के लिए तुम लोग यहाँ हो, कलक़त्ते में? कहाँ तो मरा जा रहा था कि अगर उन्हें पता भी चल गया तो मेरे पीछे गुंडे लगा देंगे और कहाँ जाकर ख़ुद उन्हें ख़बर देते हैं कि आप यहाँ तशरीफ़ रखते हैं! सचमुच सुरजीत, मेरी समझ में नहीं आता कि तुम लोग आख़िर कर क्या रहे हो? अगर तुम्हें बनारस का झंझट सुलटाना है तो पहले उसे सुलटाओ। तुम लोगों की परेशानी देखकर मुझे सचमुच दुख होता है। मैं इस दिमाग़ी टेंशन की कल्पना कर सकता हूँ। तारक तुम्हारे डैडी से चाहता क्या है? रोज़-रोज़ का यह बुख़ार और सिर-दर्द...क्या इस स्थिति को यों खींचने से कम हो जाएँगे?" मुझे ध्यान आया कि पहले भी मैंने कभी कहा था कि 'क्या तुम चाहते हो, इनके डैडी तुम्हें लाख रुपयों का चैक भेज दें?' मुझे उनकी लड़ाईवाली बात याद आई।

"मुझे तो सच्ची, इस लड़की पर दया आती है।" इन्दु बोली, "और तारक क्या ख़ुद कम परेशान हैं? चेहरे से नहीं लगता?"

"भाभी, रात-भर नहीं सोते। चुपचाप पड़े-पड़े सोचते रहते हैं। अक्सर कहते हैं कि सिर में दर्द हो रहा है। गर्मी लग रही है। फुलस्पीड पंखे में भी चैन नहीं आता।" मेरे ग़ुस्से से सुरजीत एकदम सहम गई थी। इन्दु की बात सुनकर चिन्ता से बोली, "पैसे अलग ख़त्म हो गए हैं। ख़ैर उसकी तो कोई बात नहीं है...मेरी घड़ी-चूड़ियाँ बेचकर आ जाएँगे। और क्या, ऐसे ही मौक़ों के लिए तो होती हैं ये चीज़ें! लेकिन सच भाभी, मुझसे तो इनकी यह हालत नहीं देखी जाती। कल हम लोगों ने बाहर ही खाना खाया था। सिनेमा से निकले तो सरदार जी की टैक्सी में ही न बैठें। कहें कि 'दिल्ली से तुम्हारे डैडी का भेजा हुआ आदमी हो सकता है। हो सकता है, इसने हमें सिनेमा में जाते हुए देख लिया हो और बाहर खड़ा इन्तज़ार कर रहा हो! कहीं अकेली-दुकेली जगह ले जाकर टैक्सी रोक दे। कह दे कि ख़राब हो गई है। फिर छुरा निकालकर

मुझे तो गड्ढे में फेंक-फाँक दे और तुम्हें लेकर चलता बने।' मैंने बहुत समझाया कि यह कैसे तय हो गया कि सारे सरदार मेरे डैडी के ही आदमी हैं? कलकत्ते में तो एकाध टैक्सी किसी और के पास होगी, बाक़ी तो सरदार ही चलाते हैं। फिर यों हम कहाँ तक बचेंगे? मैंने तो यह भी कहा कि अगर टैक्सीवाला सरदार है तो मैं भी सरदार की बेटी हूँ, इतनी आसानी से कुछ नहीं कर पाएगा। लेकिन नहीं, जनाब हिलकर ही नहीं दिये...आख़िर किसी दूसरे की टैक्सी में बैठकर आए..."

हुँह, तो यह समस्या का हल कर रहे हैं शेर-मार साहब! विक्टोरिया मैमोरियल, जुओलॉजीकल गार्डन...सिनेमा...और हम साले यहाँ बेकार परेशान हैं। और मुझे लगा कि अगर मैं वहाँ से उठ नहीं जाता तो आपे से बाहर होकर पता नहीं क्या-क्या बकना शुरू कर दूँगा। मैं भीतर जाकर लेट गया और सिगरेट पीने लगा। फिर लगा, लेटा नहीं जाएगा। उठकर इस तरह बाहर आ गया जैसे कुछ याद आ गया हो। पूछा, "और तुमने बागड़ी से बातें कीं?"

अपराधी-भाव से सुरजीत ने सिर झुका लिया, "जी...नहीं..."

"क्यों? नहीं करनी नौकरी तो पहले कह देतीं। दूसरे की पोज़ीशन क्यों ख़राब करती हो? तुम लोगों का यही रवैया रहा तो मैं आगे बात कैसे कर सकता हूँ?"

जवाब दिया इन्दु ने, "तारक कहते हैं कि वहाँ आदमियों के बीच में सुरजीत नौकरी करे, यह उन्हें पसन्द नहीं है। इनसे कहा, 'तुम सुन्दर लड़की हो, हो सकता है, तुम्हारे बॉस का ही मन आ जाए! मैं तुम्हें इतना प्यार करता हूँ कि आठ घंटे बिना देखे रह नहीं सकता...'।"

"नॉन्सेन्स!" मुझे लगा कि अब किसी भी तरह अपने पर नियंत्रण नहीं रखा जाएगा। जैसे-तैसे गुस्सा घोंटकर कहा, "कलकत्ते में जो लाखों लड़कियाँ काम करती हैं, सबके बॉस उन पर दिल ही तो रखते होंगे...? सच कहता हूँ सुरजीत, मुझे डर है, कहीं इस आदमी का दिमाग़ तो नहीं ख़राब हो गया? प्यार करते हैं तो मन्दिर में बैठकर चौबीस घंटे चेहरा देखा करें...।"

"यही निश्चय की स्थिति रही तो पाँच-सात दिनों में ज़रूर हो जाएगा।" इन्दु ने दिमाग़ ख़राबवाली बात का जवाब दिया।

"नहीं भाभी, ये बात तो वे शुरू से कहते हैं कि 'तुम्हें आदमियोंवाली जगह नौकरी नहीं करने दूँगा'।" सुरजीत ने अनुपस्थित तारक का बचाव करते हुए कहा, "कहते हैं, 'तुम ख़ूबसूरत लड़की हो। मुझे हमेशा डर लगा रहता है कि कोई तुम्हें मुझझे छीन न ले। तुम्हारे बिना अब मैं अपनी ज़िन्दगी की कल्पना नहीं कर सकता।' यहाँ तक कि जब हम लोग गोयल जी की गद्दी में थे और उनके यहाँ खाना खाने गए तो कहकर ज़बर्दस्ती इन्होंने मुझसे उनके राखी बँधवाई..."

"हद है!" मैंने घृणा से कहा।

आगे कुछ और सोचूँ कि इन्दु पूछ बैठी, "इसीलिए तो तुम मुझे दीदी न कहकर भाभी कहती हो जिससे इन्हें भाई साहब कह सको..." फिर वह ख़ूब खुलकर हँसी और उसके गले में बाँहें डालकर बोली, "इनको तुम भले ही भाई साहब कह लो, लेकिन मैं तो तुम्हें छोटी बहन ही मानूँगी। सच, तू तो जीत, मुझे एकदम अपनी छोटी बहन ही लगती है...।" सुरजीत की आँखों में शायद कृतज्ञता के आँसू आ गए।

"दिल्ली में रही हुई पंजाबी लड़की को इस तरह ताले में बन्द करके रखेगा तो चल ली ज़िन्दगी!" मैंने ऊपर से कहा। लेकिन लगा कि शायद इन्दु की बात ही सच है, मुझे 'भाई साहब' कहना शायद इतना बेतुका नहीं लगता जितना इन्दु को भाभी कहना। और अगर भाई साहब कहने के पीछे भी कुछ इसी तरह की मंशा है तो निहायत ही अपमानजनक है। मेरे कान लाल हो आए। पूछा, "रेडियो गया था?"

"नहीं।" सुरजीत ने इन्दु की बाँह हटने पर दोनों कानों से उलझे बालों को हथेलियों से ठीक करते हुए सिर हिलाया।

मैं तो पहले ही जानता था। थोड़ी देर कुछ नहीं बोला। समझ में नहीं आ रहा था कि क्या कह या कर डालूँ। भरसक स्वर को नरम करके समझाने के

लहजे में बोला, "देखो सुरजीत, शायद तारक की तो समझ में नहीं आ रहा कि उसे क्या करना चाहिए, क्या नहीं। उसका दिमाग़ काम नहीं कर रहा। लेकिन तुम प्यार से उसे समझाओ। यहाँ आए उसे दस-पन्द्रह दिन हो गए, मैं पूछता हूँ, उसने क्या किया? स्थिति जो पहले दिन थी, वही आज भी है। न उसने रहने के लिए जगह ढूँढ़ी, न नौकरी का इन्तज़ाम किया। उसे यही शक है कि कोई तुम्हें बहका लेगा तो अपने ही लिए कुछ कर लेता। इस तरह तुम कब तक दूसरों के यहाँ पड़ी रहोगी? कितने दिन इस तरह निकलेंगे? कलकत्ते-बम्बई में न तो किसी के पास इतनी जगह है कि एक फ़्लैट अपने लिए और एक आपके लिए अलग कर दे, न इतनी आमदनी होती है कि चार आदमियों को महीने-दो महीने खिला सके। इन शहरों की हालत तो तुम जानती हो। सौ रुपये का नोट आज निकालो, परसों उसका पता नहीं चलता। मैं अपनी बात नहीं कर रहा, लेकिन यह समस्या का हल तो नहीं है। इस तरह कब तक टलेगा? और इस सारे में जो सबसे चिन्ताजनक बात मुझे लग रही है कि तुम दोनों के आपसी सम्बन्ध दिन-पर-दिन ख़राब होते चले जा रहे हैं। जिन सम्बन्धों के आधार पर तुमने यह क़दम उठाया है, वही ज़िन्दगी की शुरुआत में कटु हो जाएँगे तो आगे क्या रह जाएगा? वैसे तो आज इस तरह के कामों में कोई कॉज़ और आदर्श जैसी बात रह नहीं गई है और अगर कुछ बची भी हो तो यह सब देखकर लोगों की आस्था इसमें रह जाएगी? तुम अपनी चूड़ियों और घड़ी से दस-बीस दिन और निकाल दोगी, लेकिन फिर? दोस्त लोग दो आदमियों का रहने-खाने का ख़र्चा बर्दाश्त कर लें, यही बहुत है। उनसे यह उम्मीद भी की जाए कि पचास रुपये निकालकर दे देंगे, सो मुझे सम्भव नहीं लगता। इसलिए नहीं कि कोई किसी की मदद नहीं करना चाहता, लेकिन हरेक की स्थिति भी तो देखो..."

सहसा मैं चुप हो गया। कहीं बहुत ज़्यादा तो नहीं कहता चला जा रहा हूँ? बात बीच में काटकर सोचता रहा, फिर पूछा, "अच्छा, उसकी बात छोड़ो, तुम अपनी बात बताओ, तुम क्या सोचती हो? तुम्हें यह ज़रूरी नहीं लगता कि कहीं नौकरी करो?"

"ज़रूर लगता है भाई साहब, शुरू से लगता है।" उसने दृढ़ता से जवाब दिया, "अब तो और भी लगता है। यह रोज़-रोज़..."

"तो ज़रा मज़बूत होकर स्थिति का सामना करो। मैंने आज दूसरी जगह बातें की हैं। तुम कहो तो कल और बात आगे चलाऊँ। लड़कियों के स्कूल में शायद एक जगह निकल आए, ऐसी कुछ बात किसी के ज़रिये हो रही है। मेरी तो यही सलाह है कि बिना तारक की चिन्ता किये, तुम उस नौकरी को ले लो। मिले चाहे कम ही, लेकिन कुछ न सही तो किराया तो निकलेगा रहने का। और ये बेकार की बातें भी दिमाग़ में नहीं आएँगी। बाक़ी रही तारक की समस्या, सो जैसे वह चाहे, उसे हल करने दो।"

और मैं उठकर भीतर आ गया। मुझे हर क्षण लगता रहा कि शायद इतनी बातें और इस तरह नहीं करनी चाहिए थीं...सुरजीत अच्छे घर की है, सेन्सेटिव है, उसे यह सारी बातें चुभ सकती हैं...ग़लती हो गई?

तभी इन्दु ने आकर फुसफुसाते हुए कहा, "सुरजीत बैठक में जाकर रो रही है।"

मैंने अफ़सोस से कहा, "क्या करूँ इन्दु, मुझे तारक पर ग़ुस्सा आ गया था। इस लड़की को बेकार परेशान कर रहा है, रात-रात-भर लड़ता-डाँटता है। तुम ज़रा जाकर उसे प्यार से समझा दो कि इन बातों का बुरा न माने, प्लीज़! मेरी तरफ़ से माफ़ी माँग लेना..."

"ग़ुस्सा तो मुझे भी सच, इस आदमी पर बहुत आ रहा है। एक तो यह सब किया और अब लेकर उसकी ज़िन्दगी बिगाड़े दे रहा है। लेकिन आपको इतनी सख़्त बातें नहीं कहनी चाहिए थीं...एक तो बेचारी यों ही असहाय महसूस करती होगी..." वह जाते-जाते कहती गई, "और देखो, खाना खाते वक़्त तारक से कुछ भी मत कहना...ख़ुद भी कुछ-न-कुछ तो कर ही रहा होगा बेचारा...!"

इन औरतों के दिमाग़ को भी समझना मुसीबत है। एक साँस में ग़ुस्सा और दूसरी में यह हिदायत...फिर भी इन्दु का बड़प्पन अच्छा लगा। नल अच्छी तरह

शायद बन्द नहीं किया गया था। इसलिए ग़ुसलख़ाने गया तो देखा कि एक कोने में कुछ भीगे कपड़े रखे हैं। सुबह के कपड़े धुले नहीं हैं क्या? झुककर एक कपड़ा उठाया। तारक का बनियान था, नीचे चड्ढी और दो रूमाल... लाट साहब यहाँ पटक गए हैं। पहले ख़याल आया कि उठाकर बाहर गली में फेंक दूँ, फिर कुछ सोचकर नल के नीचे धो डाला। शायद इन्दु की निगाह नहीं पड़ी है, देखेगी तो तारक के प्रति सारी हमदर्दी हवा हो जाएगी। चोरों की तरह निकलकर बाहर अलगनी पर फैला दिये...

खाते समय ख़याल आया कि मुझे सुरजीत से पूछना तो चाहिए था कि ख़त उसने आख़िर क्यों लिखा?

.

अगले दिन न तारक बाहर निकला, न सुरजीत। सुरजीत ने बादल को आवाज़-भर दी, "बादल, हम लोगों की चाय यहीं दे जाना।" मैं चुपचाप बैठा अख़बार पढ़ता रहा। कहूँ, कोशिश करता रहा, कान बैठक में ही लगे थे। सख़्त और किसी क़दर बुसा हुआ चेहरा ओढ़े बादल मेज़ पर रखी चाय से ही दो कप बनाकर भीतर ले गया। अन्दर जाने के लिए दरवाज़ा खुला तो बिछे हुए बिस्तर के किनारे चादर में ढँके दो बड़े-बड़े पाँव ही दिखाई दिए। सुरजीत शायद कुर्सी पर बैठी थी। बादल बाहर जाने लगा तो कहा, "जब ख़ाली हो जाओ तो कमरा साफ़ कर जाना।" बादल ने कसे हुए होंठों को झटका दिया। कहीं साला शाम को ही अपना हिसाब माँगने न चला आए...

तारक मुझसे क़तरा रहा है क्या? सामने क्यों नहीं पड़ना चाहता? मुझे यह क्यों नहीं बताता कि स्थिति क्या है और ये लोग अब क्या सोच रहे हैं? बड़ी कसमसाहट महसूस होती रही।

कल रात को तारक भी जल्दी ही आ गया था, नौ बजे हम लोग खाने ही बैठे थे। बहुत थका लस्त-सा, चेहरा बुझा हुआ और परेशान, आँखें लाल। मुझे दया आई, सचमुच ग़रीब दुखी है।

"लो, साहब बहादुर भी आ गए..." मैं सायास उल्लास और स्वागत से बोला। शायद सुरजीत से कही हुई अपनी बात का प्रतिकार कर रहा था। "बड़े हैरान-परेशान से हो, क्या बात है बन्धु?"

"यों ही...।" उसने सूखे होंठों पर जीभ फेरकर सुरजीत की तरफ़ देखा। गला साफ़ करके बताया, "ये आज पहले ही चली आईं। हम वहाँ गोयल और उसके वकील दोस्त के साथ बालीगंज की तरफ़ चले गए...।" उसने चश्मा उँगली से पीछे ठेला।

"ठीक है, पहले मुँह-हाथ धो लो। देखो, क्या चेहरा बना लिया है!" मैंने उसके कन्धे पर हाथ रखकर उठाते हुए कहा। चश्मे के काँचों पर धूल की मोटी परत मुझसे सही नहीं जा रही थी। उसने बैठक में जाकर कोट-टाई कुर्सियों पर फेंके और तौलिया लिये हुए वॉश-बेसिन की तरफ़ चला गया। शायद उसे पता भी नहीं चलेगा कि सुबह अपने कपड़े ग़ुसलख़ाने में डाल गया था और मैंने धोए थे। देर तक गला साफ़ करने और मुँह पर छींटे मारने की आवाज़ आती रही। आसपास की सारी ज़मीन गीली करके आएगा। खाना सामने रखे सुरजीत उसकी हर गतिविधि को तौल रही थी। हम न होते तो शायद उसके चेहरे-बालों पर हाथ फिराकर सारी थकान दूर कर देती। शायद सूँघ रही थी कि मूड कैसा है।

तौलिया से मुँह और कान पोंछता हुआ वह सीधे ही खाने की मेज़ पर आ बैठा। कानों पर चश्मा ठीक करते हुए खिसियाने ढंग से मुस्कराता बोला, "हमने तो सोचा था कि उधर ही कहीं खा लेंगे, लेकिन श्रीमती जी बीच में ही मचल गईं कि घर जाएँगे...।"

किस बात की श्रीमती जी? मैंने मन में उसकी बात काटी। दूसरा ख़याल आया कि यह मेरे संस्कार हैं जो बिना बाक़ायदा विवाह के यह 'श्रीमती जी' शब्द मुझे खटकता है। मैं सीधे उसके चेहरे को देख रहा था। सिर के पीछे बैठक में व्यर्थ ही बिजली और पंखा चल रहे थे। हो सकता है, तारक को ही ख़याल आ जाए और वह उठकर स्विच ऑफ़ कर दे।

"आप लोग शाम को यहाँ इसीलिए खाना नहीं खाते कि हमें दिक़्क़त होगी?" इन्दु इतनी देर बाद उसे देखती बोली। वह भी शायद तारक को तौल रही थी और दयालु हो आई थी।

"नहींऽऽऽ।" उसने मरे ढंग से प्रतिवाद किया, "यों ही जब उधर होते हैं तो खा लेते हैं।"

लगा, इन्दु की बात ठीक है। बैठक की तरफ़ शायद इसका ध्यान जाएगा ही नहीं। मैं उठते हुए बोला, "कमाल करते हो तारक, हमें क्या दिक़्क़त? खाना हमें तो बनाना नहीं पड़ता। और दो आदमियों के खाने में दिक़्क़त ही क्या है? ख़बरदार जो आगे से इस तरह की बात सोची। जब तक हो, घर की तरह रहो। उधर कोई काम हो और रुक गए तो बात दूसरी ही है...अरे तारक, आगे यही बातें याद करने को रह जाएँगी...।" मैंने गहरी साँस ली। मैंने बैठक में जाकर दोनों स्विच ऑफ़ कर दिये। लौटकर कहा, "इन्हीं बातों पर हम हँसा करेंगे..."

तारक कह रहा था, "नहीं, नहीं, ऐसी कोई बात नहीं है। हम लोगों का कोई टाइम तो रहता नहीं है न, पता नहीं, किस वक़्त किधर हों! बस, इसीलिए मना कर जाते हैं। अरे, अरे, हम ही उठकर कर देते...।" मैं लौटा तो उसने माफ़ी के अन्दाज़ में कहा। फिर सुलह-भाव से पूछा, "कहिए, तबीयत अब कैसी है?" सवाल सुरजीत की तरफ़ देखकर किया गया था।

ग्रास मुँह में रखते-रखते सुरजीत हँस पड़ी। नाराज़ होकर आई थी शायद, अब झेंप गई।

"गुस्सा होकर भाग आई थीं क्या, यह तुमने यहाँ आकर बताया नहीं?"

"नाराज़ नहीं होऊँगी भाई साहब?" सुरजीत इठलाकर बताने लगी, "गोयल जी के यहाँ चाय पी रहे थे, उनके दो एडवोकेट दोस्त भी थे, उनकी पत्नी, गोयल जी की पत्नी, बहन और जाने कौन-कौन! फिर यही सारी बातें होने लगीं। सच कहूँ, मैं तो इन बातों से बहुत ही ऊब गई हूँ। वो सब मिलकर मुझे समझाने लगे कि मुझे डैडी के पास दिल्ली ही लौट जाना चाहिए। दो घंटे

वो औरतें मिलकर मुझे उपदेश देती रहीं कि भले घर की लड़कियों को किस तरह रहना चाहिए, किस तरह माँ-बाप की इज़्ज़त उनकी इज़्ज़त होती है। कैसी-कैसी मुसीबतों से माँ-बाप पालते हैं। यह भारतीयता के ख़िलाफ़ है और विलायतों की नक़ल से कॉलेज में पढ़नेवाली लड़कियों का दिमाग़ किस तरह बिगड़ गया है। अब मुझे जाकर डैडी से माफ़ी माँग लेनी चाहिए। ग़लती सभी से हो जाती है, लेकिन उसे सुधारा जा सकता है। कहने लगीं कि मुझे देखकर कैसे सीधी-सादी बहू-बेटियों पर ख़राब असर होता है और कितना नीच काम मैंने किया है। वहाँ सबके सामने बैठकर क्या-क्या उन लोगों ने नहीं कहा और ये थे कि चुपचाप गुटर-गुटर सुने जा रहे थे। ऊपर से कहते हैं कि बनारस जाऊँगा तो गोयल के यहाँ रह लेना...मैं उस घर में अब झाँकूँगी भी नहीं।" उसने रुआँसे स्वर में बताया।

तारक खिलखिलाकर हँस पड़ा, "इतने लोगों के सामने हम क्या कर सकते थे भाभी जी? हम तो मज़ा ले रहे थे। सोच रहे थे कि सुरजीत जी मन-ही-मन कैसी भुनभुना रही होंगी...बड़ा आनन्द आ रहा था।"

"आनन्द आ रहा था! मैं अभी कहे देती हूँ कि मैं यहाँ रह लूँगी, अकेली कमरा लेकर रह लूँगी, लेकिन उस घर में आगे से जाने को कहकर देख लेना, मुझसे बुरा कोई नहीं होगा...।" सुरजीत ने घोषित किया।

मैं मुक्त-भाव से हँस पड़ा...बच्चे हैं दोनों...कहाँ इन लोगों ने अपने को इस मुसीबत में डाल लिया...

"अरे हाँ, तुम बिलकुल मेरे यहाँ रहो..." इन्दु ने अभय दे दिया।

"इन्हें तो दुनिया रखने को तैयार है बोदी, हमीं सबको इल्लत लगते हैं।" हँसता हुआ तारक मुग्ध आँखों पर बल्ब चमकाता उसे निरखता रहा। दोनों रह-रहकर आपस में एक-दूसरे को शिकायत-रीझ से देख रहे थे, बातें कम कर रहे थे। भारी फ्रेम का छल्लेदार चश्मा लगाए मुग्ध और गद्गद आदमी ख़ासा चुग़द दिखाई देता है। उस वक़्त तो और भी, जब चश्मा बार-बार नाक पर सरक आता हो।

मैंने उसकी बात का जवाब दिया, "अपनी निर्णय-दुर्बलता के कारण।"

"मोहनदा, हम तो मानते हैं कि हम निर्णय-दुर्बल हैं। हमसे कुछ भी तय नहीं हो पाता। वह तो पता नहीं कैसे शेर को मार लिया, लेकिन हम बहुत डरपोक हैं। मगर ये तो बहुत साहसी और मज़बूत हैं, यही निर्णय ले लें...आप ही कोई निर्णय ले दीजिए..." तारक ने प्रसन्नता से सारे हथियार डाल दिये।

मैं मुस्कराया, "निर्णय तो तुम्हें ही लेना होगा तारक, इस तरह भागने से काम चलेगा नहीं मित्र!" तीन-चार दिनों के तनाव के बाद उन दोनों का इस तरह ख़ुश होना हम लोगों को भी अच्छा लग रहा था। मैं जान-बूझकर इस तरह के संकेतों और प्रसंगों को बचाना चाहता था जिनसे कटुता की नोकें सिर उठाने लगें...वर्ना कहने को मन तो हुआ कि तुम निर्णय लो या न लो, लेकिन सुरजीत को ऐसी जगहों पर मत ले जाओ, जहाँ यह महसूस करे कि अपराधी है और उसने कोई ग़लत काम किया है। वे जिस सांकेतिक भाषा में एक-दूसरे को निहाल हो-होकर रूठ-मना रहे थे, इशारे और शिकायतें कर रहे थे, उनसे पहली बात मन में यही उठती थी कि साला तारक आज की रात ज़रूर सारी शिकायतें दूर कर देगा। लेकिन मुझे ईर्ष्या तो नहीं हो रही कहीं? सुरजीत के भरे शरीर को देखकर मैंने अपने को टटोला, ईर्ष्या नहीं, कहीं सन्तोष और सान्त्वना का ही अहसास हो रहा है...विचार कौंधा, कभी इन लोगों के कोई सन्तान हुई तो निश्चय ही जीनियस होगी—बंगाली दिमाग़ और पंजाबी शरीर...क्रॉस-ब्रीड...सोते-सोते मैं सोचने लगा, इन लोगों के आ जाने से 'उधर' के कितने शब्द सुन रहा हूँ। लगता है, वे अब जीवन में रह ही नहीं गए हैं। इल्लत, डौल, सुलटाना—ये सब तो दिमाग़ से उतर ही चुके थे। इन लोगों के मुँह से लौटकर ये शब्द कैसे भरे-पूरेपन का अहसास देते हैं! धुँधले-धुँधले वे अवसर और स्थान याद आने लगे जहाँ कभी इन शब्दों का साथ रहा था। पहली बार लगा, शब्द जीवन के टुकड़े होते हैं, निर्जीव भाषा की इकाई नहीं...। वह ज़िन्दगी अब बहुत पीछे छूट गई है। कभी उधर गया तो अनजाने इन टुकड़ों को ही तलाश करूँगा...जब पहली बार सुरजीत ने मुझे

'भाई साहब' कहा था तो चौंका था और इसके पीछे मुझे तारक के दिमाग़ की लिजलिजाहट ही कुलबुलाती लगी थी...साथ ही जानता भी था कि ऐसा कुछ भी नहीं हुआ था, आदमी अपने वर्तमान मन से ही बीते हुए की व्याख्या कर डालता है...

"इसने ख़त क्यों लिखवाया था दिल्ली?" अँधेरे में काफ़ी देर लेटे-लेटे भी मुझे मालूम था कि इन्दु जाग रही है।

"वह तो यही बता रही थी कि पाँच-सात ख़त लिखवा चुका है अभी तक।" तो क्या इन्दु भी यही सब सोच रही है?

"लेकिन क्यों?" मैं चिन्ता से बोला, "जब इन्हें उन लोगों से कुछ लेना-देना ही नहीं है तो इन ख़तों का मतलब है? पहली बात तो यह कि इन्हें पता भी नहीं लगने देना चाहिए था, ये कहाँ हैं। उलटे ये तो बाक़ायदा ख़तो-क़िताबत बनाए हुए हैं!"

"तारक का ख़याल है कि इन ख़तों से बाप की नाराज़ी दूर हो जाएगी। बाप अगर ख़ुश होकर माफ़ कर देता है तो बाक़ी समस्याएँ आसानी से हल हो जाएँगी। बाप की भावुकता उभाड़ने के लिए लम्बे-लम्बे ख़त लिखवाता है कि किस तरह माँ के मरने के बाद सरदार जी ने ही सुरजीत को माँ और बाप दोनों की तरह पाला है, कैसे डैडी कन्धे पर चढ़ाकर अपनी बिटिया को घुमाया करते थे, कैसे वह खिड़की में बैठी-बैठी डैडी की राह देखा करती थी, कैसे उनके कपड़े लगाया करती थी, यही।"

"साला गधा है।" मैं अधीर हो उठा, "और सुरजीत यह सब लिखती क्यों है? इस सबसे होना क्या है? इससे तो अच्छा यही है कि सीधे सामने जाकर माफ़ी माँग ले और नाक रगड़ें...मुहब्बत करने निकले हैं, सालों में हौसला पाई का नहीं है...।

"सरदार सुरजीत को भले ही माफ़ कर दे, लेकिन इसकी तो बोटियाँ काटकर रख देगा। इस बात को सुरजीत भी जानती है और यह भी समझता है।"

"क्यों, ये तो शेरमार हैं! बस, इतनी ही हिम्मत है?" मैंने सोचकर कहा, "मुझे तो इन्दु, एक दूसरी ही बात लगती है इस सबके पीछे।"

"क्या?"

"मैं यही सोचता हूँ कि इस तरह कितने दिनों चलेगा? वहाँ जाने में भी दम निकलता है और वहाँ से एकदम तोड़ते भी नहीं बनता। मुझे तो इसके पीछे लालच की गन्ध आती है।"

"लड़की तो बहुत मज़बूत लगती है, उसे ये सब ढंग बिलकुल पसन्द नहीं हैं। लेकिन तुम्हारा तारक एकदम बेपेंदी का है।" फिर गहरी साँस लेकर कहा, "मेरा तो दिमाग़ ख़राब हो गया। बाबा, जो मन हो सो करें, लेकिन हमारी बैठक ख़ाली हो...न किसी को बुला सकते हैं न ठीक से रह सकते हैं...मुझे तो लगता नहीं कि एकाध महीने इनका इरादा कहीं हिलने का है।"

"आज मैंने संकेत तो दिया है। अब एकाध दिन में साफ़ ही बात कर लूँगा।" मैं चुप हो गया।

खाने के बाद जब मैं वॉश-बेसिन की तरफ़ गया था तो देखा कि साबुन रखनेवाले पानी-भरे-गड्ढे में पड़ा साबुन न जाने कब से गल रहा है। तारक ने ही मुँह-हाथ धोए थे। चुपचाप उठाकर रख दिया, बेकार इन्दु का मूड ख़राब होगा।

थोड़ी देर बाद बिना किसी प्रसंग के इन्दु ने बताया, "घी और आटा ख़त्म हो गया है। महीने-भर का मँगाया था, आज अट्ठारह को ही बादल ने नोटिस दे दिया है...।"

"करेंगे कुछ..." मेरे दिमाग़ में यों ही झुँझलाहट भरने लगी, जो किसी विशेष व्यक्ति के लिए नहीं थी। दुनिया-भर की परेशानियों में भी लोग कैसे डटकर भोजन कर लेते हैं...!

आज अकेले चाय पीते-पीते घुमड़ी बात फिर नये सिरे से सिर उठाने लगी : तारक मेरे सामने पड़ने से क़तरा रहा है, पिछले तीन-चार दिनों से यह बात मैं नोट कर रहा हूँ। सिर-दर्द और बुख़ार तो बहाना-मात्र थे। लेकिन इससे

काम कैसे चलेगा, मैं ही जाऊँगा। शायद सुरजीत ने कलवाली सारी बातें बता दी हैं...

अख़बार एक तरफ़ रखकर मैंने पूछा, "कहो तारक, कैसी तबीयत है?" मेरे आते ही सुरजीत ने पहले की तरह कपड़े इधर-उधर सरका दिये। कन्धों पर ब्रेसरी की सफ़ेद तनियाँ ब्लाउज़ से बाहर अलग झाँक रही थीं। उसने जल्दी-जल्दी कुछ कपड़े समेटे और साबुन लेकर शायद बाथरूम की तरफ़ चली गई।

"तबीयत तो ठीक है, मगर सारे शरीर और दिमाग़ में भारीपन लग रहा है। बदन टूटता है।" तारक चादर छाती तक ताने लेटा था, मुझे देखकर उठ बैठा। उसे एक तरफ़ सरका दिया। "शायद एकाध सिगरेट पीने से ठीक होगा। है आपके पास?"

मैंने जेब से डिब्बी निकालकर सामने कर दी। अब एक से दूसरी जलाकर ख़त्म कर देगा, सोचते हुए हिसाब लगाया, इसके साथ मैं हमेशा ज़्यादा सिगरेट पी जाता हूँ। शायद अच्छा नहीं लगता कि अपनी पूरी डिबिया में से केवल दो मेरे हिस्से में आएँ, बाक़ी दूसरा पी जाए...

"आज हम लोगों ने निर्णय ले लिया है मोहनदा," कश खींचकर ख़ुशी और सन्तोष से उसने बताया, "कल गोयल वग़ैरा के साथ यह तय किया कि हम चुपचाप दिल्ली चले जाएँ, पहले इस शादी के सारे काग़ज़-पत्तर निकलवाकर इसे अनहुआ करें, फिर बनारसवालों पर एडल्टरी का मुक़दमा किया जाए... उस शादी के ख़त्म होते ही रौब के साथ सुरजीत के साथ शादी करके दिल्ली ही रहा जाए। तब कोई क्या बिगाड़ सकता है?"

"लेकिन क्या इस शादी को अनहुआ करना बहुत ज़रूरी है? किसी को क्या पता कि तुमने आर्यसमाज में जाकर सुरजीत के साथ शादी की है?" मैंने मुस्कराकर पूछा।

"यह बात तो अब सभी को मालूम हो गई है न, इनके डैडी जानते ही हैं, बनारसवालों से भी छिपी नहीं होगी। अब तो वे उलटे हमें ही फँसा सकते हैं कि एक के रहते दूसरी शादी कैसे कर ली? इसलिए यह ज़रूरी है कि पहले

दिल्ली आर्यसमाज के काग़ज़ों का कुछ हिसाब बैठाया जाए। उसमें हमने यह बयान भी तो दे दिया है कि पहले हमारी कोई शादी नहीं हुई और हम अविवाहित हैं। बनारसवाले ज़्यादा-से-ज़्यादा यही तो करेंगे कि बीवी-बच्चों की परवरिश के नाम पर प्रॉपर्टी में हमें हिस्सा नहीं देंगे...हम समझेंगे, चलो जान छूटी। हमें कौन अब बनारस जाकर फिर से रहना है? रहना तो दिल्ली ही होगा। तब इनके डैडी की नाराज़ी भी दूर हो जाएगी..."

तो डैडी की प्रॉपर्टी चाहिए! बात को आगे न बढ़ाने के लिए मैंने सवाल किया, "अच्छा, यही ठीक है। अब इसमें क्या दिक़्क़त है?"

"इसके लिए सुरजीत नहीं मानती। हमने बहुत देर रात तक समझाया, लेकिन ये तैयार ही नहीं होतीं। कहती है कि मान लीजिए, हमने इस शादी को भी ख़त्म कर दिया और उधर से छुटकारा नहीं मिला तो मैं कहाँ की रह जाऊँगी? मान लो, दस साल बीवी से सम्बन्ध न रखने से शादी अपने-आप ही ख़त्म हो जाती हो तो पहलेवाली शादी की समस्या ही नहीं है। इस हालत में यह शादी जायज़ है...।"

मैं झल्ला उठा, "लेकिन दस साल तुम्हारे उस बीवी से कोई सम्बन्ध नहीं रहे, यह तो तुम कहते हो न, वहाँ जो बच्चे रखे हुए हैं, उनका क्या करोगे? पहले तो यही साबित करना मुश्किल हो जाएगा कि वे बच्चे तुम्हारे नहीं हैं...।"

"इन्हीं सारे झंझटों से ऊबकर तो हमने दूसरा निर्णय ले लिया है और अब उसी पर चलना है। हमें लगता है कि इस तरह यहाँ रहने से कोई फ़ायदा नहीं है। दूसरी बात..." उसने कुछ सोचते-सोचते बताया, "कल हमें लगा, जैसे दो आदमी लगातार हमारा पीछा कर रहे हों! एक सरदार लड़का-सा है और दूसरा मोटा-तगड़ा बिहारी है...हमें तीन-चार बार मिले कल। जब यहाँ आए तो बड़ी मुश्किल से उन्हें चरका देकर आए थे कि कहीं देख न लें। सुरजीत को भी दिखाया था। लग तो दो-तीन दिनों से रहा था, जैसे हमारा पीछा किया जा रहा हो, लेकिन कल तो पक्का हो गया। अकेले-दुकेले में हमें मारकर फेंक दें तो बेचारी लड़की का क्या होगा..." उसके चेहरे पर ख़ौफ़ उतर आया।

मैं ख़ुद उसे ग़ौर से देख रहा था, क्या आँखों में कोई अस्वाभाविक चमक दीखती है? बार-बार नथुनों में उँगली घुसाकर उन्हें और आँखों को साफ़ करते देखकर झल्लाकर कह देने को मन करता था—जाओ, पहले आँखें और नाक साफ़ कर आओ। लेकिन उस तरफ़ से ध्यान हटाकर पूछा, "ख़ैर, तुमने निर्णय क्या लिया है?"

"हमने यही तय किया है कि हम लोग यहाँ बिलकुल भी नहीं रहेंगे। न दिल्ली जाएँगे, न बनारस। दोनों जगह कोई-न-कोई झमेला लगा ही है। किसी छोटी सी पहाड़ी पर जगह जाकर साल-दो साल काट देंगे। वहाँ ख़र्चा भी कम होगा। तब तक लोग सब भूल-भाल जाएँगे।" वह सहमता-सा बोला।

"अच्छा, चलो, यह भी ठीक है।" मैं ज़िरह पर उतर आया, "लेकिन ख़र्चा चाहे जितना कम हो, कुछ तो होगा ही। उसका क्या इन्तज़ाम सोचा है? डेढ़-दो सौ से कम में तो कहीं कुछ नहीं होता। फिर आना है, जाना है, डेढ़ेक हज़ार तुम दिल्ली में पहले ही ख़र्च कर आए हो।" अचानक मन में आया कि उनके ख़र्चे को लेकर मैं इतना परेशान क्यों हूँ?

"देखिए, दो हज़ार के क़रीब हमें कॉलेज से मिल जाएगा फ़ंड का..."

उसकी बात पूरी होने से पहले ही मैं ठहाका मारकर हँस पड़ा, "तारक, यू आर ए लिमिट! वह आज या महीने-भर में मिलेगा? उसे दो महीने लगें, चार लगें, कौन जाने साल-भर में भी मिल पाए या नहीं? लेकिन वह सब यहाँ बैठे-बैठे होगा? हो सकता है, उसके लिए तुम्हें वहाँ जाना पड़े...तुमने तो शायद वहाँ बाक़ायदा इस्तीफ़ा भी नहीं दिया न..."

"नहीं..." वह हिचकिचाया।

"तो फिर?" मैंने सख़्त निगाहों से उसकी कीचड़-भरी आँखों, चश्मे के छल्लों और तार छोड़ते मुँह की तरफ़ घूरा। कैसे सुरजीत इस गन्दे आदमी से प्यार करती होगी? कड़े स्वर में कहता रहा, "मुझे नहीं पता तारक, तुम्हारे उस गोयल या और दोस्तों की आर्थिक हालत क्या है और वो मौक़े पर हज़ार,

पाँच सौ दे भी देंगे या नहीं, लेकिन सुरजीत ज़रूर परेशान थी कि पैसे ख़त्म हो गए हैं..."

लगा, उसका चेहरा तमतमा आया है, यानी उसे सुरजीत को कही गई कलवाली बातें मालूम हैं। तैश में बोला, "मोहनदा, हमें किसी का अहसान नहीं लेना। जिसका जो होगा, रत्ती-रत्ती चुका देंगे। दान तो किसी से नहीं माँगते, क़र्ज़े की तरह लेते हैं और जो सूद दूसरे देते हैं, वही हमसे ले ले...आज हालत चाहे जैसी हो, लेकिन जिसके यहाँ एक एक बार खाया है, उसे हफ्ते-भर का दाम चुका देंगे, इतना विश्वास रखिए। पाई-पाई का हिसाब रखा हुआ है..."

"तारक, कोई किसी के खाने का भूखा नहीं होता।" मुझे भी ग़ुस्सा आ गया, "और किसी के किये हुए को अगर तुम पैसों में चुकाने की बात करते हो तो यह भी समझ लो कि किसी को बैठे-बिठाए मुसीबतें मोल लेने का शौक़ नहीं है। दूसरा जो भी करता है, वह कोई अहसान नहीं करता, ऐसा समझनेवाले आदमी को किसी से कोई उम्मीद भी क्यों करनी चाहिए? गोयल जो तुम्हारे लिए परेशान है, यहाँ-वहाँ मिलने जाता है, उसे तुम पैसों में चुकाओगे? और सिर्फ़ यह कहने पर कि तुम सूद दे दोगे, कौन तुम्हें क़र्ज़ा देगा? दोस्त लोग ख़ुद किस तरह क़र्ज़ों में रहते हैं, इस बात का तुम्हें कोई अन्दाज़ा है?" मुझे लगा कि सारी बात निहायत व्यक्तिगत हुई जा रही है और अगर मैंने अपने पर नियंत्रण नहीं किया तो कोई ग़लत काम कर बैठूँगा : तेरे बाप का देना है जो...पता नहीं कैसे, मैंने आवाज़ नीची करके समझाया, "भाई मेरे, हवा में मत उड़ो और थोड़ी व्यावहारिक बात करो। जो लोग क़र्ज़ा दे भी सकते होंगे, वो तुम्हारी हालत देखकर नहीं देंगे। सारी ज़िन्दगी तुम इसी तरह पड़े रहोगे और तुमसे कोई निर्णय नहीं लिया जाएगा। लोगे भी, तो वो सब ऐसे ही शेख़चिल्लीपने के होंगे जिनका न सिर न पैर...वर्ना पहाड़ी जगह तो मैं भी बता सकता हूँ, जहाँ साल-छह महीने आराम से रह सको...।"

फिर मुझसे बैठे नहीं रहा जा सका। भीतर तक जैसे कुछ तिलमिलाया जा रहा था। अहसान-फ़रामोश! दूसरे लोगों की चिन्ता-परेशानी, भाग-दौड़, लोगों

से नौकरियों के लिए कहना, तुम्हारे नख़रे बर्दाश्त करना तो तुम्हारा हक़ है न! आते हुए मैंने नफ़रत से एक सिगरेट उसके सामने फेंकी थी। वह निर्णय ले या न ले, मुझे सिर-दर्द करने की ज़रूरत क्या है? मैं क्यों ज़बर्दस्ती उसका अभिभावक बन बैठा हूँ? उसकी क्या समस्याएँ हैं, वह कैसे सँभालेगा, उन सबको लेकर मुझे परेशानी क्यों है? मैं यह उम्मीद भी क्यों करता हूँ कि उसे मेरा अहसान मानना ही चाहिए? मेरे लिए अब सोचने की बात सिर्फ़ यही रह गई है कि दोस्त न सही, आदमी की तरह कितने दिनों इन लोगों को अपने यहाँ रख सकता हूँ? जो मन हो, सो करें। दो दिनों बाद साफ़ कह दूँगा, भाई तारक, मुझे बैठक चाहिए, आख़िर कब तक हम अपने सारे प्रोग्राम स्थगित किये चलें जाएँ? न उठने की जगह, न बैठने का ठौर...कल को मकान-मालिक ही कह सकता है कि आपने अपने मकान में किरायेदार रख लिये हैं। उससे सफ़ेदी-पुताई को लेकर अलग झगड़ा चल रहा है। परेशान ही करना चाहे तो कल ही नोटिस भेज दे...दो दोस्तों को भी बुलाओ तो चार पहले ही घर में मौजूद हैं, छह आदमियों का खाना-चाय अकेले बादल से सँभलता नहीं है, बीस चक्कर तो बाज़ार के करने पड़ते हैं, अब की सिगरेट ले आओ, अब की पान चाहिए, पानी को बर्फ़, कोकाकोला। ये लोग बाज़ार से आते हैं तो यह भी नहीं कि लिफ़ाफ़े-पोस्टकार्ड तक लेते आएँ, उसके लिए भी बादल दौड़ाया जाता है। तीन बार उसे ब्लेड लेने मार्च करनी पड़ती है—ऐसा नहीं, ऐसा लाओ। जाते समय नहीं बताया जाएगा। तम्बाकू लेने के लिए उसे हमेशा पान लाने के बाद दुबारा जाना पड़ता है...अपने से अधिक इन्दु की झल्लाहट का बोझ मेरी आत्मा पर था...

जो इच्छा हो सो करने दो, सोचकर मैंने इन्दु को चौरंगी पर ही बुला लिया था। सिनेमा के टिकट ले आया था। इन सारे दिनों के मानसिक तनाव और हवाई समस्याओं पर सोच-सोचकर हम लोग इतने ऊब चुके थे कि मनोरंजन आवश्यक हो गया था। शाम को इन्दु लाइट-हाउस पर आ गई थी और हम लोग जान-बूझकर तारक-सुरजीत के प्रसंग को टालते रहे थे, एक

शब्द भी नहीं बोले थे, हालाँकि टाली जाती बात ही अक्सर दो आदमियों के बीच मँडराया करती है। हर क्षण एक बेचैनी थी कि सारे दिन पंखे चलते रहे होंगे, बत्तियाँ जलती रही होंगी, कपड़े बिना धुले कोनों में जमा हो रहे होंगे, साबुन गल रहा होगा और ढक्कन खुले पेस्ट से लगातार सफ़ेद साँप कुंडलियाँ मारता बैठा होगा...रह-रहकर बादल से लगातार कभी पानी, पान, चाय की माँग हो रही होगी...लाख मन को समझाने की कोशिश करता कि जहाँ दस का नुक़सान, वहाँ पन्द्रह का सही; मगर चीज़ों का उपयोग मुझे इतना कष्ट नहीं देता जितना उनका बरबाद होना...इधर तो मैंने नियम ही बना लिया था कि जहाँ से तारक निकलेग, उस जगह पंखे-बत्ती मुझे ही बन्द करने हैं, पानी-भरी साबुनदानियों का पानी झाड़कर उन्हें ऊपर रख देना है, बहते हुए खुले नल की टोंटी कसनी है, सारे दिन मक्खियाँ भिनभिनाते शेव के पानी को फेंककर ब्रश और मग साफ़ करने हैं; बैठक से बाहर, खाने की मेज़ के पास फेंके गए सिगरेट के डिब्बों, पान लपेटनेवाले पत्तों और बस-ट्राम में टहलते टिकटों को समेटकर कचरे की टोकरी में डालना है। आश्चर्य होता था कि कैसे इस आदमी को दूसरों की असुविधाओं का इतना भी ख़याल नहीं रहता।

सिनेमा के बाद हम लोग यों ही टहलते रहे। समझ रहे थे कि घर जाना टाल रहे हैं। टैक्सी में बैठे हुए भी लगा, जैसे हम लोग ही मेहमान हैं और दूसरे के यहाँ अवांछनीय रूप से रुके हैं और हमारे होने से उन्हें बहुत असुविधाएँ हैं। आते ही इन्दु ने केवल लापरवाही से बताया था, "आज तो दोनों घर ही रहे, कहीं गए नहीं...।" यानी बादल की डटकर परेड हुई होगी।

"मुझे लगता है, यह इस लड़की की जान लेकर रहेगा...इसे आख़िर समझाएँ भी क्या? अब तो यही लगने लगा है कि इन्हें समझाना भी बेकार है... अन्धे के आगे रौवै, अपने दीदे खोवै...मसल है, गवाह चुस्त, मुद्दई सुस्त...हम चिन्ता के मारे रात-भर न सोएँ कि हाय, बेचारों का क्या होगा और इन सालों को..." सुरजीत को भी इसमें शामिल कर लेने में मन में कहीं संकोच था।

मैंने मन में तय कर लिया था कि तारक की अक़्ल मारी गई है और सुरजीत में सिर्फ़ गोरा रंग और ख़ूबसूरत नाक-नक्श ही हैं, दिमाग़ ख़ाली है और वह भी मूलत: पिंडलियों तक सलवार में पायँचे चढ़ाए मोगरी लेकर कपड़ों का गट्ठर कूटनेवाली लड़की के अलावा कुछ नहीं है।

"तुम देख लेना, इनका ये सारा मामला चलेगा नहीं...बहुत जल्दी ही नशा उतर जाएगा। किस तरह तो दोनों आपस में लड़ते हैं। बादल बता रहा था कि आज तो शायद तारक ने एकाध तमाचा भी रसीद कर दिया..." इन्दु अफ़सोस से बोली, "इतने अच्छे घर की लड़की है, सुशील और समझदार है, जूतों पर पालिश करने से लेकर क़मीज़-मोज़ों पर प्रेस करने तक सारा काम करती है, कौन करेगा इस बैल की इतनी सेवा? फिर किस तरह का अपने को बताती है, उसमें इसने कब-कब यह सब किया होगा? मुझे तो इस आदमी के चेहरे से नफ़रत हो गई है...जब देखो, आँखों से कीचड़ निकालता रहेगा, दाँत साफ़ करेगा नहीं, बात करेगा तो तार छूटेंगे...।" अपनी ही कल्पना से उसने फुरहरी ली—"बादल बता रहा था कि ख़ूब लड़ाई हुई। सुरजीत मेरे कमरे में जाकर रोती रही..."

"ऐसे ही लोग होते हैं शायद जो लड़कियों को बम्बई-कलकत्ता ले जाते हैं, उनके गहने-कपड़े बेचकर मौज़ उड़ाते हैं, फिर अकेले होटल के कमरे या स्टेशन पर छोड़कर ग़ायब हो जाते हैं।" जाने कितनी फ़िल्मों, उपन्यासों और अख़बारों की कतरनें मेरे मन में फड़फड़ाते हुए निकल गईं, "लेकिन इन शेरमार साहब में तो वह कलकुलेशन भी नहीं लगता...सरदार छुरा लेकर पीछे-पीछे भागा आ रहा है, इनको तो इस कल्पना के सिवाय और कोई बात सोचने में मज़ा ही नहीं आता...।"

"लड़की समझदार है और कहाँ, कैसे रहना चाहिए, इस बात को जानती है। जहाँ रहो, वहाँ बोझ न बनो। हमें अपना कुछ भी नहीं कराना लेकिन अपना काम तो ख़ुद कर लो। वह काम में हिस्सा बँटाने की कोशिश करती है, जहाँ तक होता है, बादल पर बिलकुल भी एक्स्ट्रा काम नहीं डालती, लेकिन दो

दिनों से देख रही हूँ, सुरजीत कुछ भी करे, यह साहब-बहादुर को अच्छा नहीं लगता। ज़रा-ज़रा-सी देर बाद बुलवा लेता है, डाँटता है, क्या कर रही हो वहाँ, यहाँ क्यों नहीं बैठतीं? मेरा सिर दबा दो, मेरे हाथ मल दो। भीतर से नारे लगाता रहता है—बादल, ये दे जाना, वो दे जाना। बादल ने बुरा-सा मुँह बनाकर बताया था कि आज तो खाना भी भीतर ही मँगा लिया था। पता नहीं, होटल समझकर रह रहे हैं या...” इन्दु की इतनी देर की चुप्पी अब धाराप्रवाह में फूट पड़ी थी। “इन लोगों की नवाबी में किसी दिन मेरा तो नौकर ही हाथ से चला जाएगा। उसके ऊपर तो सच, बहुत बोझ आ गया है। किसी तरह सारा काम सिखाया है, चला गया तो पता नहीं, अगला आदमी कैसा मिले, कब मिले और उसे फिर काम सिखाने में कितना वक़्त लगे...मुझसे तो अब उनकी सेवा-टहल होती नहीं। सारे दिन कॉलेज में सिर खपाकर आओ, फिर घर में खटो। सुबह के खाने का झमेला समेटते-समेटते तीन-साढ़े तीन बज जाते हैं, फिर रात को ग्यारह-साढ़े ग्यारह से पहले ख़ाली नहीं होता। मेज़ पर अख़बार रखा रहेगा, वह तक तो लाट साहब से लिया नहीं जाता, वह भी बादल ही उठाकर दे...मैंने तो आज मना कर दिया...। पता नहीं, मेरे-तुम्हारे सामने पड़ने से इतना क्यों कतराता है...? इन लोगों की वजह से आजकल सच, मन में खाने-पीने को लेकर भी बड़ी कमीनी बातें आने लगी हैं...”

इन्दु शायद रास्ते-भर बोलती आई। घर लौटते हुए एक अजीब-सी अनिच्छा हो रही थी, वहाँ कहाँ घुटन और झंझट में जाएँ, कुछ देर और यहीं-कहीं बाहर बैठते...

दरवाज़ा सुरजीत ने ही खोला। देखकर स्वागत में मुस्कराई। अपने-आप मन की सारी घुटन छँट गई। हँसकर कहा, “मुझे तो तुम्हारा दरवाज़ा खोलकर हमें लेना ऐसा लगा, जैसे हम तुम्हारे यहाँ आए हैं... ” पल-भर कोई अस्पष्ट-सी बात समझने से पहले ही कहीं खो गई।

उमड़ती उदासी को रोककर उसने कहा, “देखती हूँ भाई साहब, उस समय आप कितनी बार आया करेंगे...?”

"धमकाती किसे हो सुरजीत, देख लेना।" मैं परिहास से बोला। खाने की मेज़ पर सिलाई-मशीन खुली रखी थी। शायद सुरजीत बैठी कुछ सी रही थी। "शेरमार साहब कहाँ हैं?"

"अभी कहीं चले गए हैं। शायद किसी रिश्तेदार से मिलने गए हैं...कोई बंगाली ही है। बेहाल या कहाँ हैं..." मुझे लगा, मेरा 'शेरमार' कहना उसे पसन्द नहीं आया।

"अकेले चले गए? तुम्हारे डैडी के किसी आदमी ने गोली-वोली मार दी तो?" मैंने हँसकर कहा। अनचाहे बातों में न जाने कहाँ का डंक उभरता चला आ रहा था। उसे ही दबाने को मैंने सहानुभूति से पूछा, "तुम नहीं गईं?"

"ओ बाब्बा, मैंने कान पकड़ लिये," उसने दोनों कान छूकर कहा, "बनारस जाने के बाद ही मैंने क़सम खा ली कि अब किसी रिश्तेदार के यहाँ नहीं जाना—मेरा हो या इनका। एक वो अपने गोयल के यहाँ ले गए थे...।"

"तुम बनारस गई थीं?" मुझे धक्का लगा। जाने कितनी बातें हैं जो इन लोगों ने हमें नहीं बताई हैं! और जितनी बताई गई हैं, पता नहीं, उनमें कितनी सच हैं! मेरा मन फिर बुझने लगा।

"हाँ, दिल्ली से हम लोग बनारस गए थे सीधे...डेढ़ दिन में ही इनके घरवालों और पहली बीवी का जो रुख देखा तो मैंने तय कर लिया कि अगर यहाँ से एकदम नहीं चल दिये तो ख़ैर नहीं है। वहाँ तो यह हालत कि या तो खाने में कुछ दे दें या रात-बिरात, काट-कूटकर ठिकाने लगा दें। मैंने तो कह दिया, चलते हो तो चलो, वर्ना मैं अकेली ही जाती हूँ।" फिर याद करती-सी बोली, "एकदम चंडी हैं इनकी माँ और बीवी सब-के-सब। ज़िदगी में शायद इतना बुरा व्यवहार मैंने कभी नहीं सहा। मैंने भी तय कर लिया कि ज़्यादा कुछ किया तो मैं भी एकाध का सफ़ाया कर दूँगी। मैं भी सरदारनी हूँ। इतनी आसानी से कुछ नहीं करने दूँगी। अरे हाँ, ग़लती जो हो गई, उसके लिए फाँसी ही चढ़ना हुआ तो अपने बाप से नहीं चढ़ूँगी? इन चांडालिनियों को तो ये हक़ कभी न दूँ।" वह गर्व से बोली, माथे की एक नस को फड़काती हुई।

"वहाँ ले ही क्यों गए थे तुम्हें ये हज़रत...?" सब कुछ के बावजूद सुरजीत इतनी कुछ अपने-आप में थी कि पुराने अपमान का अहसास अपने-आप घुल गया, "शायद अपने घरवालों को यह दिखाने ले गया होगा कि 'देखो, मैंने शाबाशी का काम किया है।' सोचा होगा, शायद मेरी ख़ूबसूरती देखकर ही घरवाले ख़ुश हो जाएँ और शहनाइयाँ बजवाने लगें...।"

वह बिना झेंपे खिलखिलाकर हँसी, "एकदम सच बात है भाई साहब, थोड़ा सा तो मैं भी इन्हें अब जान ही गई हूँ। हालाँकि मैं किस बात की ख़ूबसूरत हूँ, मेरी समझ में तो आता नहीं। इसी कलकत्ते में गली-गली में मुझसे ख़ूबसूरत पड़ी हैं।"

"वो तो निगाहों की बात है।" मैंने मन में जोड़ा, माइनस नम्बर की छल्लेदार काँचों के पीछे से झाँकती, कीचड़-भरी निगाहों की? उन निगाहों की जो अकारण ऐसी पथरा-सी जाती हैं, जैसे बाघ के सामने पथरा गई होंगी?

"आप तो छेड़ने लगे।" वह अतिरिक्त रूप से भौंहें नचाकर बोली। फिर बात बदल दी, "अभी भी दिन छिपे के बाद गए हैं, बड़ी टाई-वाई चढ़ाकर। मैंने कहा कि मैं भी चलूँगी, तो बोले कि तुम्हें देखकर डैडी के आदमी ज़रूर ही पहचान लेंगे...।"

"अरे सुरजीत, तुम भी उसके साथ बेवकूफ़ी की बातें करने लगीं! कहाँ डैडी और कहाँ डैडी के आदमी? किन बातों में आई हो? उनके पास और कोई काम नहीं रह गया क्या? इसे तो इस तरह की कल्पनाओं में मज़ा आने लगा है और सोचते अच्छा लगता है कि कोई बन्दूक़ लिये इसके पीछे लगा है। इसमें ज़रा हीरो बने रहने का आनन्द है न...! हमेशा एक सनसनीदार वातावरण बना रहता है।"

"नहीं, भाई साहब, इनकी इस बात में तो झूठ नहीं है। एक आदमी मैंने देखा था। मुझे भी लगा, शायद वह डैडी के ऑफ़िस में काम करता था। मैंने उसे उनके यहाँ देखा ज़रूर था।" उसने मशीन का ढक्कन बन्द कर दिया, दोनों ओर से उठाते हुए कहा, "वो मेरे डैडी हैं, इसलिए नहीं कह रही, लेकिन

इतना मैं भी जानती हूँ कि जिसके दुश्मन हो जाएँ, उसके लिए वे सब कुछ कर सकते हैं...।"

इन्दु कपड़े बदलकर निकल आई थी, चेहरा सख़्त और नाराज़। उसे इन बातों में कोई दिलचस्पी नहीं थी। आते ही मुझसे ज़ोर से बोली, "खाना-वाना खा लो, साढ़े नौ बज रहे हैं। फिर बादल को भी छुट्टी मिले...वो लोग भी आदमी हैं।"

"वो खाने को मना कर गए हैं..." मशीन लेकर सुरजीत भीतर चली गई थी, वहीं से बोली। लगा, इन्दु इसलिए नाराज़ है कि टैक्सी में तो मैं ऐसी-ऐसी बातें कर रहा था और यहाँ आते ही रुख़ बदल गया, शायद सुरजीत को देखकर। मशीन उठाने के कारण, जब एक हाथ से दूसरे हाथ की कलाई को मसलती हुई सुरजीत कमरे से बाहर निकली तो मुझे लगा, जैसे हाथ की चूड़ियाँ कुछ कम हैं। एक हाथ में सिर्फ़ स्टेनलैस स्टील का कड़ा ही है। (यह बंगाली सुहाग-चिह्न सुआ है या सिक्खोंवाला कड़ा) बात ज़बान पर आकर रह गई, कुछ नहीं पूछा। कपड़े बदलते हुए सोचा, साला अविश्वासी, घुन्ना और शक्की है, इतनी बड़ी बात आज तक मुझे नहीं बताई कि बनारस ले गया था। कहीं ऐसा तो नहीं कि सचमुच ही भाग-भूग गया हो, लौटकर ही न आए...जब वह नहीं होता है तो घर का वातावरण कैसा सहज होता है...मुझे लगा, उसके चम्मच पकड़ने, रोटी चबाने, चाय सुड़कने, होंठ निकालकर सिगरेट पीने, बाल काटने—सभी से मुझे असह्य चोट हो गई है। अकारण ही कहीं मुक्का मारने, ठोकर मारकर बरतन बिखरा देने की इच्छा मुझे उकसाती रहती है।

जब रात के ग्यारह बजे तक भी आने के कोई लक्षण नज़र नहीं आए तो मुझे चिन्ता हुई। कहीं भाग गया हो या उसके साथ कुछ हो गया हो तो क्या होगा? मुझे तो यह भी नहीं पता कि थाना कहाँ है और इस तरह खोए आदमी को तलाश करने के लिए कहाँ-कहाँ जाना होता है? जाने क्यों ऐसा लगने लगा कि तारक अब शायद सुरजीत से भी भागता है। खाते समय सुरजीत ने हँसते हुए एक बात बताई थी, "हो सकता है, वो आज भी कालीघाट ही चले गए हों..."

"कालीघाट क्यों?" हम दोनों ने आश्चर्य से पूछा था।

"हँसिए नहीं, कल हम लोग एक बड़ी दिलचस्प जगह गए थे कालीघाट में। ये ही न मालूम कहाँ से पता लाए थे। कालीघाट ट्राम-रास्ते के एक तरफ़ से तो काली मन्दिर जाते हैं, दूसरी तरफ़ नाले के सहारे-सहारे मकानों की क़तारें हैं। पानी बरस रहा था, इसलिए रास्ता बड़ा कीचड़-पानी भरा था। हम लोग रिक्शे में बैठे थे इसलिए आसपास का ज़्यादा नहीं दिखता था। बस, सड़क की कीचड़ गड्ढों से होकर जा रहे थे, लोगों के थप-थप करते पाँव और जूते या छातों के सिरे ही दिखते थे। रात में वैसे ही पता नहीं चलता कि किधर और कहाँ जा रहे हैं। पहले तो मुझे भी लगा, जाने कहाँ लिये जा रहे हैं। ख़ैर, एक जगह उतरे। लाल-सा बरामदा था, भीतर शायद छोटा-सा मन्दिर था। वहीं काला-काला मोटा-सा पुजारीनुमा कोई आदमी राह देख रहा था। उससे इनकी पता नहीं कैसी बांग्ला में कुछ बातें हुईं। उसने हम दोनों को एक मूर्ति के पास हरे-सफ़ेद फूलोंवाले फ़र्श पर बैठा दिया, धरती पर ही खड़िया से कुछ जन्तर-मन्तर से बनाए, धूप-लोबान जलाया, हाथ-माथा देखे और पता नहीं पत्रे और किताबों में क्या-क्या देखकर बड़बड़ाता रहा। बताया कि तुम्हारे सारे ग्रह टल गए हैं और एक सौ चालीस घड़ी में मेरे डैडी मुझसे ख़ुश हो जाएँगे, उनके मन का सारा मैल धुल जाएगा। सवा रुपया या सवा पाँच रुपये लेकर उसने कुछ प्रसाद जैसा खाने को दिया, एक फूल और सुपारी बाँह में बाँधने को दी, अगर दस दिनों में दिल्ली से बुलावे का कोई पत्र न आए तो फिर आने को कहा। मुझे तो तब भी बड़ी हँसी ही आती रही। आते वक़्त तो मैं रिक्शे में खिलखिलाकर हँस पड़ी, यह क्या तमाशा है? मुझे पहले तो बताया होता। इस पर ये रास्ते-भर मुझे डाँटते आए कि बहुत लोगों ने इस आदमी की तारीफ़ की है और बहुत गुणी आदमी है। खोई हुई चीज़ का नाम मुँह से न लीजिए, चेहरा देखते ही बता देता है कि आपकी फ़लानी चीज़ ग़ुम हुई है और मिलेगी या नहीं। मिलेगी तो कितने दिनों में और कहाँ मिल जाएगी। मुझसे तो वो सुपारी-वुपारी बाँधी नहीं गई, मैंने तो लाकर अटैची में डाल दी।

बस, आज इसी बात पर डाँटते रहे कि मैं चाहती नहीं हूँ कि इस मुसीबत का कोई रास्ता मिले..."

क़िस्सा सुनाते हुए वह ख़ुद हँस रही थी और मुझसे भी अपने को रोके रखना मुश्किल हो गया, "कमाल है यार, मैं नहीं समझता था कि यह आदमी इतना पहुँचा हुआ है...।" अब गुनी और ओझा लोगों के चक्कर शुरू हो गए! सारे दिन जो कमरे में बन्द रहता है सो साला कहीं किसी मंत्र-वंत्र का जाप न करता हो, बीमारी का बहाना करके...नौकरी-मकान तो गया भाड़ में और अब उच्चाटन-वशीकरण हो रहा है...मुझे हल्का-सा ख़याल आया, या याद रहने का भ्रम हुआ कि मैंने हाथ में जन्म-पत्री जैसी चीज़ को ले जाते भी देखा था तारक को...सुरजीत ने जिस हावभाव से सारी बात सुनाई थी, उससे तो हँसी ही आती रही थी, मगर अब लेटे-लेटे अफ़सोस हो रहा था लड़की के लिए। सुरजीत ने ही बताया था, "अगर इनके साथ ऐसी बातों में दिलचस्पी न दिखाओ तो बच्चों की तरह रोते हैं कि 'तुम मुझे प्यार नहीं करतीं, तुम चाहती हो कि मेरे ऊपर मुसीबतें आती रहें और मैं यों ही दर-दर मारा फिरता रहूँ।' कभी कहते हैं कि 'ज़रूर बनारसवालों ने कोई मंत्र हम लोगों पर चलवाया है, वहाँ एक-से-एक सिद्ध पड़े हैं। उनका काट करना ज़रूरी है।' कुछ कहो तो कहते हैं कि 'तुम चाहती हो कि एक दिन मैं जागूँ तो देखूँ कि एक हाथ ही ग़ायब है, या दिखाई नहीं देता।' अब क्या समझाऊँ इन्हें! हर समय यही कहते हैं कि 'मुझे हमेशा डर लगा रहता है, मेरी सुरजीत को मुझसे कोई छीन लेगा। दुनिया मुझे छोड़ दे, लेकिन जिस दिन तुम मुझे छोड़ दोगी उसी दिन मैं आत्महत्या कर लूँगा...'।"

सुरजीत की इसी बात से मुझे लगा था कि शायद अब तारक चाहता है कि किसी तरह सुरजीत ही उसे छोड़ दे, अकेली अपने डैडी के पास चली जाए। अब उसकी बात सोचो तो चिड़चिड़ाहट होती थी...लड़की बहुत हिम्मत वाली है, बिना डरे ऐसी जगह चली गई...

साढ़े ग्यारह के क़रीब टैक्सी का मीटर अप किये जाने की आवाज़ आई तो मैंने चुपके से वॉश-बेसिन के पासवाली जाली से झाँककर देखा। झूमता हुआ

तारक मीटर के पास खड़ा उसे पढ़ने की कोशिश कर रहा था, पर्स पिछली जेब से निकालता हुआ। कभी एक तरफ़ झुककर गिरने लगता, कभी दूसरी तरफ़...ग़ौर से देखा, तारक ही था...यह क्या कर आया है? पैसे लेकर जब टैक्सी गई तो पहले तो मुड़ती हुई जुड़वाँ लालबत्तियों को देखता रहा, फिर भालू की तरह लड़खड़ाता हुआ ऊपर मकानों की तरफ़ देखता कुछ पहचानने की कोशिश करता खड़ा रहा। तभी पता नहीं किधर से आकर सुरजीत ने उसे सँभाल लिया। लैम्प-पोस्ट के नीचे पहचानने में दिक़्क़त नहीं हुई। वह कन्धे पर उसका हाथ लेकर सहारा देती उसे ला रही थी। पता नहीं, चुपचाप कब उतर गई, मुझे खटका भी सुनाई नहीं दिया। या तो उसने दरवाज़ा पहले ही खोल रखा था या बहुत बे-मालूम ढंग से चटखनी उतारी थी।...उस क्षण मुझे लगा, जैसे वह समुद्र की लहरों को काटती ऐसे थके-हारे आदमी को निकालकर सहारा देती ला रही है जिसका बजरा कहीं सागर में ही डूब गया हो...और जो लहरों से लड़ते-लड़ते बेदम-पस्त हो चुका हो...एक बड़ी क्लासिकल अनुभूति थी वह...मैं चुपचाप वापस आकर लेट गया। प्यार...क्या सचमुच इसे ही प्यार कहते हैं जिसके बारे में अब तक हम पढ़ते आए हैं, सुनते आए हैं और जो मंत्र के प्रभाव की तरह आदमी की आत्मा को छाए रहता है...? आधी रात के उस एकान्त में मुझे रह-रहकर निशब्द लगता रहा, जैसे मैंने किसी बहुत ही महान और दिव्य के दर्शन किये हैं और न जाने कब तक वह अनुभूति मुझे विभोर किये रही...इन्दु होंठ कसे वैसे ही सो रही थी...या शायद सोने का बहाना किये थी...इन्दु, तुम नहीं जानतीं, किस महान और पवित्र से तुम वंचित रह गई हो...क्या पूर्णिमा ने कभी इस अनुभूति को जाना है? मुझे लगा, मेरी आँखों में आँसू आ गए और एक अजीब असहायता, अनाथ होने का भाव उभर-उभरकर धुएँ की तरह घुमड़ने लगा...आज शायद इन लोगों के कुछ ख़त आए थे। तारक आज भी सारे दिन लेटा रहा और मेरे आने से कुछ देर पहले ही कहीं चला गया। मैं पिछले चार-पाँच दिनों से रोज़ तय करता था कि आज तारक से बहुत साफ़ बातें कर लूँगा, लेकिन जब वह न मिलता तो

कहीं मन में सन्तोष भी करता कि एक अशोभन स्थिति बच गई। अपने को समझाता कि जब वह मुझे मिलता ही नहीं तो कब बातें करूँ? कल ज़रूर कर लूँगा। सुरजीत भी बीच में कहीं गई थी दोपहर बाद, फिर तीन-चार घंटों में लौट आई। जाने ये लोग क्या करते रहते हैं, कहाँ-कहाँ जाते रहते हैं, मुझे कुछ भी क्यों नहीं बताते? जब दोनों में से कोई भी नहीं था तो चुपके से मैंने एक बार बैठक में जाकर इनके काग़ज़ों और कपड़ों की तलाशी ली थी, जेबें टटोली थीं। अटैचियों के ताले बन्द थे और मौक़ा नहीं था कि अपनी चाबियाँ लगाकर देख सकूँ। आख़िर कुछ तो पता चले कि स्थिति क्या है! मैं अपनी बेचैनी इन्दु से भी छिपाना चाहता था और इसलिए निहायत उदासीन बने रहने का नाटक करता था। जेबों में सिनेमा और बसों के टिकट, एक काग़ज़ पर कुछ हिसाब-किताब ही मिले; हाँ, जन्म-पत्रियाँ और दुनिया-भर के मंत्र लिखा पुलिन्दा ज़रूर अटैची के ऊपर कपड़ों से ढका रखा था। पत्रों से ही असली बात पता चल सकती थी, लेकिन पत्र कोई बाहर नहीं था। अपने ही कमरे में चोरों की तरह घुसना निहायत ओछा और अनधिकार चेष्टा लग रही थी। जब इन्दु ने बताया कि दोनों बाहर हैं और इनके दो पत्र आए हैं तो मन हुआ कि किसी तरह इन्दु की निगाह बचाकर बैठक में चला जाऊँ और उन्हें खोलकर देखूँ। लेकिन इन्दु से यह कहते भी डर लगता था। पता नहीं, अपने को उसकी निगाहों में गिराना नहीं चाहता था। पहली बार बहुत दिनों से ख़याल आया कि औरतें अपने पास-पड़ोसियों से मिलने जाती हैं, बाज़ार-दुकानों पर जाती हैं, यह इन्दु ऐसी घर-घुसनी है कि जब देखो, यहीं जमी रहती है। न किसी से मिलना न जुलना। साथ ही कहीं चले गए तो भले ही चले जाएँ, वर्ना कॉलेज से सीधे घर...अकारण ही झुँझलाहट होने लगी और शीशे का एकाध गिलास ज़मीन पर दे मारने को मन करने लगा...

आज रात को भी उसी लड़खड़ाती हालत में आएगा क्या? कल रात की बात मैंने न इन्दु को बताई थी, न सुरजीत से ज़िक्र किया। सुबह चाय पीते समय वह ब्रश-तौलिया लिये निकली थी और हम लोग औपचारिकता से

थोड़ा-सा मुस्कराए थे। उनकी चाय भीतर ही गई थी। बादल जब चाय लेकर जा रहा था तो इन्दु ने सुनाकर कहा था, "प्याले थोड़ी देर बाद ख़ुद ही उठा लाना, वर्ना कल की तरह शाम तक पड़े रहेंगे भिनभिनाते हुए..." सारे दिन पड़ा-पड़ा, चादर ओढ़े यह क्या सोचता रहता है छत ताकता हुआ? मन कैसे लगता है? इन लोगों का आख़िर प्रोग्राम क्या है? घर या दफ़्तर में हर जगह मेरे मन पर हमेशा एक तनाव और बोझ-सा बना रहता है। लगता रहता है, ज़िन्दगी की छोटी-से-छोटी और सारी महत्त्वपूर्ण बातें मैं लगातार उनके जाने तक के लिए स्थगित करता चला जा रहा हूँ। सुबह उठते ही लगता है कि मेरा दिन मेरा अपना नहीं है। बग़ल के कमरे में हमेशा लेटे एक अहदी और आलसी के पड़े रहने से एक अजीब-सी चिनचिनाहट छूटती रहती है, जैसे आप किसी को ट्रेन में बैठाने जाएँ और ट्रेन अनिश्चित काल के लिए लेट होती चली जाए—दिमाग़ी ऊब का एक नस-तोड़ माहौल।

इन्दु का सारा धैर्य जवाब दे चुका था, "मुझे नहीं लगता कि इनका कोई भी प्रोग्राम है...न कुछ करता है, न किसी को करने देता है...अब ओझा-सयानों के चक्कर में वक़्त बरबाद कर रहा है। दोनों सारे दिन बस पड़े रहते हैं... हमारी तो अपनी ज़िन्दगी ही ख़त्म हो गई...मैं कुछ कह-कहा दूँगी तो आप नाराज़ होंगे कि मेरे दोस्त को यों बोल दिया...।"

मैं भी तो यही सब, ठीक इसी तरह सोच रहा था, लेकिन उसके मुँह से सुनकर बड़ी झुँझलाहट हुई, "ऐसी भी क्या धरती फटी जा रही है कि दो दिन चुप नहीं रहा जा सकता? भई, कोई-न-कोई इन्तज़ाम कर लेंगे तो चले जाएँगे। ख़ुद भी न सोचते हों, ऐसा तो नहीं है। मुझसे तो सड़क पर निकालकर नहीं फेंका जाता। दो दिन किसी को रखना हम लोगों के लिए इतना भारी पड़ जाता है? मान लो, मेरा या इन्दु का भाई ही होता, तो? नौकरी या पढ़ाई के लिए न जाने कितने घरों में इस तरह भाई लोग आकर रहते ही हैं। लेकिन शायद वे इस तरह चिरन्तन और होलटाइम मेहमान नहीं बने रहते, घर के कामों में हिस्सा भी बँटाते हैं। यहाँ तो एक पान लाने का सहारा नहीं है। कुछ

लोग कितने बुरे मेहमान होते हैं, इस बात का ज्ञान मुझे पहली बार हो रहा था। शायद अपने मन को यही सोचकर समझा लेते होंगे कि किसी के यहाँ पन्द्रह-बीस दिन रहकर मेहमानदारी करा ली तो क्या हो गया? दोस्त था और यह उसका कर्तव्य था। किसी ने कहा था कि ये लोग दैवी वी. पी. से आते हैं और उनका पूरा भुगतान करके छुड़ाना आपका कर्तव्य हो जाता है, उनकी आवश्यकताएँ और व्यसन सभी आपको निभाने पड़ते हैं, आप इस स्थिति में हों या न हों। उस समय तो यह और भी यंत्रणादायक हो जाता है, जब आप भी जानते हैं कि मेहमान साहब सरकारी या अपनी कम्पनी के काम से आए हैं और होटल-टैक्सी, खाने-मनोरंजन सभी के लिए ख़र्चा ले रहे हैं, लेकिन वे हैं कि आपसे ही दोस्ती की वी. पी. छुड़वाए जा रहे हैं, आपकी जेब के बल पर अच्छे-से-अच्छे होटल में खाने और क़ीमती सीटोंवाले सिनेमा-थियेटर जाने का प्रस्ताव कर रहे हैं। आपको और आपकी बीवी को छुट्टी ले लेने पर मजबूर करते हैं, 'मुझे तो चीज़ों की कोई समझ ही नहीं है,' का नारा देकर शॉपिंग कराने ले जाते हैं और अपनी बीवी के लिए एक-दो क़ीमती साड़ी, बच्चों के लिए कपड़े-खिलौने का एक बंडल आपको, एक 'भाभी जी' को और एक ख़ुद उठाए ख़ुश-ख़ुश लौटते हुए फ़रमाते हैं, 'भाभी जी, ऐसा कीजिए, रास्ते के लिए थोड़ी पूरियाँ-सब्ज़ी बनवा दीजिए,' और जब आप उनके कुली का पैसा देकर, 'कभी उधर भी आइए' का निमंत्रण पीते हुए टा-टा करके लौटते हैं तो कैसी कृतार्थ अनुभूति से मन विभोर रहता है...लगता है, इस बीच एक टैक्सी बेकार खड़ी रही है जिसका मीटर आपके सिर पर चढ़ता रहा है। बस में बैठकर हिसाब लगता है कि अब महीने के बाक़ी दिनों की स्थिति क्या रह गई है...

शाम को चाय पीते हुए फिर वही अकारण झल्लाहट और बाहर भागने की इच्छा का दबाव बेचैन करने लगा। सलवार-क़मीज़ पहने सुरजीत भी आज घर ही थी। उससे भी कह दिया, "चलो, तुम भी चलो न, यहाँ बैठी-बैठी क्या करोगी?"

"नहीं, नहीं! आप हो आइए...मैं एकाध पत्र लिखूँगी।" लेकिन वह बिलकुल झूठ बोल रही थी। वह या तो हमें मुक्त रखने के लिए, या तारक की राह देखने के लिए पीछे रहना चाहती थी।

मैं नहीं जानता कि इन्दु की हमेशा बनी रहनेवाली खिन्नता का कारण यह 'ज्ञान' ही तो नहीं था कि सुरजीत कहीं मुझे अच्छी लगती है। लेकिन जानते हुए भी कि उसे मेरा इस तरह का खुला व्यवहार बिलकुल भी पसन्द नहीं है, लापरवाही से सुरजीत के कन्धे को पहली बार छूकर धकेलते हुए-से कहा, "चलो यार, यह ख़त-वत फिर लिख लेना। डेढ़-दो घंटे में लौट आएँगे। अगर पीछे तारक लौट भी आया तो ज़रा राह देख लेगा। आज उसे भी तो महसूस करने दो कि अकेले बैठकर राह देखना कैसा लगता है।" स्लीवलैस क़मीज़ से निकली सुडौल सुन्दर बाँहवाले कन्धे को छूकर मैं झनझना आया।

बेमन से इन्दु ने भी दुहराया, "चलो, चलो, यहाँ बैठी-बैठी बोर ही तो होती रहोगी।"

"कुछ सिलाई करती..." कहकर सुरजीत सलवार-कुर्ता बदलकर साड़ी पहन आई। इन कपड़ों में वह ज़रा ज़्यादा गम्भीर और गरिमामयी लगती थी। निकले तो ख़ुशबुओं का भीना-भीना बादल साथ था। गरियाहाट पर यह असम्भव था कि बग़ल से गुज़रनेवाला एक बार मुड़कर उसकी ओर न देखे। मैंने जान-बूझकर आज उनके बारे में कुछ भी नहीं पूछा था, हालाँकि बादल और इन्दु दोनों ने मुझे बता दिया था, आज भी लड़ाई हुई है। बहुत दिनों से कौंधकर सहसा ग़ायब हो जानेवाली बात सुरजीत के बेबाक सुडौल और स्वस्थ शरीर को देखकर पहली बार एक विचित्र आकार लेने लगी : कहीं इन लड़ाइयों के पीछे कोई और गहरा, अधिक आधार-भूत भेद तो नहीं है?

लेक के मुखर एकान्त में बैठकर मूढ़ी खाते हुए सुरजीत ने ही बताया, "डैडी का ख़त आज भी आया है..."

कुछ देर चुप रहकर मैंने जान-बूझकर अनजान और उदासीन स्वर में पूछा, "अच्छा? क्या लिखा है?" कुहरिल अँधेरा लेक पर झूल आया था और रोशनियाँ

पानी में थोड़ी ही दूर जाकर खो गई थीं। वहाँ उमस और घुटन थी, गला-बाँहें पसीने से चिपचिपा रहे थे। फिर भी सामनेवाले किनारे के पेड़ ऐसे लगते थे, जैसे हम किसी पहाड़ी घाटी के किनारे बैठे हों और सामने ख़ूब बादल घिर आए हों!

"...वही कि 'तुम आ जाओ...किसी भी तरह की कोई परेशानी उठाने की कोई ज़रूरत नहीं है। कोई भी कठिनाई हो तो टिवोली-पार्क जाकर मि. घई से मिल लेना...मैंने उन्हें लिख दिया है, वे पूरी मदद करेंगे। रहा वो, तो उस बदमाश को मज़ा न चखा दिया तो मेरा नाम नहीं...उसे और उसके मददग़ारों को कोर्ट में ले जाकर खड़ा करूँगा...।' मैं आज दोपहर को मि. घई से मिलने टॉलीगंज गई थी। डैडी के साथ ही लाहौर में पढ़े थे, बुजुर्ग आदमी हैं। बिलकुल बेटी की तरह मानकर मिले। कहने लगे, जो भी मदद हो, वह करने को तैयार हैं...कहते थे कि कोई भी असुविधा हो तो यहाँ आकर रहने लगो... लेकिन तारक का मुँह देखने को वह भी तैयार नहीं हैं...।"

"तारक का क्या ख़याल है?" मैंने टोहने को पूछा।

"उन्होंने ही भेजा था! मुझे तो यों हरेक के पास आना-जाना पसन्द नहीं है। ठीक है, कभी डैडी के दोस्त रहे होंगे, लेकिन उनके पास जाना ऐसा नहीं लगता भाई साहब, जैसे डैडी से माफ़ी माँगने जा रहे हों? मैं कहती हूँ कि ऐसा ही है तो दिल्ली चले-चलते हैं और सीधे जाकर डैडी से ही माफ़ी माँग लेते हैं। यों हरेक के सामने ज़लील होने से क्या फ़ायदा...?" वह आधे रुआँसे स्वर में कहती रही, "मुझे तो बस, इनका ही ख़याल आता है। ही फ़ील्स सो लोनली एंड डिजेक्टेड...अगर मैं चली गई तो हुगली में डूब मरेंगे...और यह मैं भी जानती हूँ कि दिल्ली जाकर एक बार अगर मैं डैडी के हाथ पड़ गई तो इनका पता नहीं चलेगा...।"

मैंने उसकी आधी बात बिना सुने, पहली का जवाब बड़े अनमने और तटस्थ भाव से दिया, "सुरजीत, अब मुझे भी लगता है कि यही सबसे अच्छा तरीक़ा है। जाकर डैडी से ही माफ़ी माँग लो और इन सारी मुसीबतों से छुटकारा पा लो। यों दर-दर भटककर क्यों अपनी मिट्टी ख़राब करती हो?"

"मैंने तो हारकर यह भी कह दिया कि दिल्ली ही चले चलते हैं, सो इसके लिए भी तैयार नहीं हैं। जानते हैं न, उनके सामने ये किसी भी हालत में नहीं पड़ेंगे, जाना मुझे ही होगा। और तब जो होगा सो मुझे अभी से पता है। हाथ-पैर नहीं तुड़वाए, तो कोई-न-कोई बखेड़ा खड़ा करके इन्हें जेल ज़रूर ही करा देंगे। अभी तक जो चुप हैं सो केवल मेरी ही वजह से। किसी भी झूठे-सच्चे बहाने से दिल्ली में मार-पीट में कितनी देर लगती है...!"

"लेकिन सुरजीत, सच, मेरी समझ में बिलकुल भी नहीं आता कि इस तारक की योजना क्या है?" मैंने एक-एक शब्द चबाकर पूछा।

स्पष्ट खीझ से सुरजीत ने मुँह बिचका दिया, "योजना क्या होगी...सारे दिन पड़े रहते हैं। कभी कहते हैं, सिर-दर्द है, हाथ दबा, सिर दबा। पता नहीं, कहाँ-कहाँ की उलटी-सीधी बातें सोचते हैं। रात को बीस बार उठकर बाहर झाँकते हैं कि सड़क पर कोई खड़ा तो नहीं है! कल चौंककर जाग गए, मुझे जगाकर बोले, 'बाहर सीढ़ी में कोई खड़ा है, भीतर की सिटकिनी और डंडा लगा है न?' कभी कहेंगे, 'बालकनी में कोई चढ़ आया है।' मैं देखने जाने लगती हूँ तो मुझे पकड़कर पास बैठा लेते हैं—'नहीं, तू मत जा, तुझे पकड़ ले जाएगा। दो हुए तो चीख़ने भी नहीं देंगे।' तीन-चार रातों से बिलकुल भी नहीं सोए हैं। पता नहीं, क्या-क्या बुदबुदाया करते हैं! एक और नया नशा चढ़ा है कि लगतार मंत्र पढ़ने से सारी विपत्तियाँ दूर हो जाती हैं। ज़रा-ज़रा देर बाद झटके से जागेंगे, ज़रा आँख लगी तो बड़ी डरावनी-डरावनी आवाज़ें मुँह से निकालेंगे। परसों तो मैं चीख़कर आपको जगाने लगी थी। घर्र-घर्र जैसी जाने कैसी आवाज़ निकालने लगे गले से, उठे तो आँखें ऐसी फटी हुईं कि बाहर ही टपक पड़ेंगी, साँस ही न ली जाए...बड़ी मुश्किल से किसी तरह बोले, 'अभी कोई मेरा गला दाब रहा था...ऐसा लगता था, जैसे मेरे टेंटुए को छूता हुआ छुरा सामने ठहर गया है। आदमी नहीं दीखता। बस, कसी मुट्ठी में रुका छुरा कौंधता है।' पानी-वानी पिलाया तो कुछ ठीक हुए। रात-भर मुझे समझाते रहे कि 'तुम अब एकदम निकलना बन्द कर दो, बाहर बालकनी की तरफ़ भी

मत जाओ बस, यहीं मेरे सामने बैठी रहो। मुझे डर लगता रहता है कि कोई तुझे मुझसे छीन ले जाएगा।' फिर पास बैठती हूँ तो गन्दी-गन्दी गालियाँ देते हैं, लड़ते हैं, झल्लाकर हाथ-पैर छोड़ते हैं कि 'तुम्हारे डैडी की वजह से मेरी अच्छी-ख़ासी ज़िन्दगी का सत्यानाश हो गया...आज किसी लायक़ नहीं रह गया हूँ। न बनारस जा सकता हूँ, न दिल्ली। कलकत्ते में जो हालत है सो देख ही रही हो...किसी दिन या तो तेरी गर्दन घोंट दूँगा या ख़ुद हुगली में छलाँग लगा लूँगा...सारी दुनिया तेरे कारण मेरी दुश्मन हो गई है।' दो दिनों पहले कह रहे थे कि 'चुपचाप कहीं पहाड़ी जगह भाग चलें...'।"

बिना कुछ भी बोले हम दोनों सुनते रहे—एक निराकार दया और वितृष्णा से अभिभूत। मैं कल्पना कर रहा था कि सुरजीत कितनी भीतरी तकलीफ़ से तारक के बारे में यह सब बता रही होगी...कहीं यह लड़की गहराई में उसे प्यार भी तो बहुत करती है! लेकिन यह प्यार है या एक स्थिति की मजबूरी को ढोए जाने का अभिशाप? मैंने अफ़सोस-बुझे लहजे में कहा, "भागने की बात तो यह है कि यहाँ भी अगर तुम लोग ख़ुद ही अपने डैडी को न लिखते तो पता लगाते-लगाते भी उन्हें दो-एक महीने लग ही जाते...ठाठ से कहीं कुछ करते और रहते। पहाड़ी जगह जाकर भी अगर यही सब किया तो वहाँ से कहाँ भागोगे?"

"सच भाई साहब, मेरा दिमाग़ तो काठ हो गया है। कुछ समझ में ही नहीं आता। इतनी ज़्यादा डिस्गस्टेड हो गई हूँ कि डर लगता है, कहीं कुछ कर न डालूँ...ऐसी ढुल-मुल स्थिति में रहने की आदत नहीं है। डैडी लाख अपने सही, लेकिन एक नाक लेकर उनके यहाँ से आई थी। आज ख़ुद आगे होकर उन्हें लिखना कितना अपमानजनक है, मैं ही जानती हूँ। अब उस घई के पास, कल उस लूथरा के पास...।" आगे रुलाई में उसका स्वर रुँध गया।

कुछ देर कोई कुछ नहीं बोला और सुरजीत सुबकती रही, अपने पर नियंत्रण करने का प्रयत्न करती-सी। मैं तय नहीं कर पा रहा था कि मन में इतने दिनों से जो कुछ घुमड़ रहा है, वह सब कह डालना चाहिए या नहीं।

आज सुरजीत कहीं क्षुब्ध है, कल को यही बात मेरे ख़िलाफ़ भी जा सकती है। फिर भी सोच-सोचकर धीरे-धीरे कहा, "देखो सुरजीत, मुझे नहीं मालूम कि मुझे यह सब कहना चाहिए या नहीं। शायद नहीं कहना चाहिए। कल को तुम लोग फिर एक हो जाओगे और तब ये सारी बातें जिस तरह से कही जाएँगी, उसका थोड़ा-बहुत अन्दाज़ा मैं कर सकता हूँ। क्योंकि तब सारे किये का कोई महत्त्व नहीं रहता। यह सब तो धो-पोंछ डाला जाता है, बस, किसी एक व्यवहार या वाक्य को लेकर बार-बार गदा की तरह घुमाया जाता है और ज़िन्दगी-भर की दुश्मनी पाल ली जाती है कि उस समय इन्होंने हमारे साथ ऐसा किया था। फिर भी मैं कहूँगा, क्योंकि जाने क्यों मैं शुरू से इसमें अपने को इन्वॉल्व्ड महसूस करने लगा हूँ। तुम लोगों को लगता हो या न लगता हो, लेकिन तुम्हारी सारी स्थिति को लेकर मेरे मन में बड़ा बोझा है, और हम लोग अक्सर इसी बारे में बातें किया करते हैं। मैंने इस पर बहुत सोचा है। देखो, बुरा मत मानना, सब कुछ समझते हुए ही मैं अपना मन खोल रहा हूँ। मैं तारक को अच्छी तरह नहीं जानता। वह मेरा दोस्त है, यह कहना भी ग़लत होगा। हम लोग महीना-पन्द्रह दिनों दो भले आदमियों की तरह मिलते रहे हैं, दूर-दूर की जान-पहचान ही इसे कह सकते हैं। मुझे यह व्यक्ति अच्छा लगा था। लेकिन पास से और एक ख़ास स्थिति में देखने का मौक़ा अभी ही मिला है। सही कहूँ, तो यह बहुत अच्छा तजुर्बा नहीं है। कुछ लोग किसी क्षणिक आवेश, किसी शेख़ी में आकर प्यार का धनुष उठा लेते हैं, मगर फिर उसका बोझ उनसे सहा नहीं जाता और नसें चटखने लगती हैं, गुर्दा जवाब देने लगता है। मैं दिल से चाहता हूँ कि मेरी बात एकदम ग़लत और झूठी ही साबित हो, लेकिन इस आदमी के साथ तुम्हारी ज़िन्दगी चलेगी नहीं, मुझे यह साफ़ लगने लगा है। अभी से जो लक्षण दिखने लगे हैं वे बहुत उत्साहजनक नहीं हैं। यह तुम लोगों की शुरुआत है?...तुम अच्छे घर की हो, पढ़ी-लिखी, समझदार और कल्चर्ड लड़की हो, इसलिए तुमसे हमदर्दी होती है; वर्ना इस आदमी को तो शायद दो दिन बर्दाश्त करना आसान नहीं है। बुनियादी तौर पर यह

आदमी कमज़ोर, कायर, बेईमान और झूठा है..." अँधेरे में शायद इन्दु ने मेरी कुहनी पर हाथ लगाया। कहीं और कोई सख़्त बात न कह जाऊँ, इसलिए बीच में ही बात तोड़कर चुप हो गया। उसका झूमते हुए आना, कीचड़-भरी आँखें, छल्लेदार काँच और साँप की याद दिलाता कछुए जैसा थूथन, बार-बार चश्मा पीछे ठेलना, क्षण-भर को क्रोध कर ग़ायब हो गए। मैंने फिर अपनी बात सँभाली, "मुझे मालूम है, जिसे हम दिल के भीतर से प्यार करते हैं, और तुम सचमुच उसे प्यार करती हो, उसके बारे में यह सब सुनना बिलकुल अच्छा नहीं लगता, लेकिन मैं क्या करूँ, तुम्हें और तुम्हारा भविष्य देखकर मुझसे रहा नहीं जाता...।"

कहीं इस सबके पीछे उससे चिढ़ जाने, छुटकारा पाने की उतावली ही तो नहीं है? मैंने अपने से सवाल किया।

उस क्षण मुझे लगा : अजब पहेली है कि एक क्षण लगता है, जैसे आप भीतर तक बहुत ही अधिक उलझे हैं, इन्वॉल्व्ड हैं और दूसरे पल महसूस होता है, जैसे निकालकर झटके से बाहर किनारे ला-खड़े कर दिये गए हैं... दुबारा मात्र दर्शक हो गए हैं।

सुरजीत सुनती हुई कुछ सोचती रही, सुबकना ठंडा हो गया था, कभी-कभी उँगलियों से आँसू पोंछ लेती थी, बस। हल्की-सी शिकायत से बोली, "उन्हें लगता है कि इधर आप भी उनसे खिंचे रहते हैं। इसका वह अपना मतलब लगाते हैं। भाई साहब और भाभी जी को यह पसन्द नहीं है कि मैं शादीशुदा और तीन बच्चों का बाप होकर तुम्हें यों ले आया हूँ। इसलिए वे मेरी कोई मदद नहीं करना चाहते...।"

भीतर से तिलमिलाते हुए भी मैं नक़ली ढंग से हँस पड़ा। "मैं जानता था कि वह यही सोच रहा होगा। यह भी जानता हूँ कि इस वक़्त उस बेचारे को ख़ुद भी नहीं मालूम कि वह क्या सोचता है, क्या करता है। पता नहीं, तुम भी ऐसा ही सोचती हो क्या? लेकिन यह तुम भी जानती हो सुरजीत, पसन्द और नापसन्दगी की बात होती तो क्या मैं इतने दिनों उसे छिपाए रखता? सारी

दुनिया को पता है कि तुम लोग मेरे साथ हो, तुम्हारे पत्र यहाँ आते हैं और क्या मैं इस बात को नहीं जानता कि इसी बात को लेकर कल को मैं फँस सकता हूँ? लेकिन इस समस्या को लेकर मेरे सोचने का तरीक़ा बिलकुल दूसरा है। मैं बिलकुल नहीं मानता कि विवाह आदमी की चरम-नियति है, वह आपके अनजाने किया गया हो या जान-बूझकर। वह एक ऐसी स्थिति-भर है जो आपको अगर सूट नहीं करती तो आप उसे तंग कपड़ों की तरह तहाकर वापस रख दें। परम्परा के नाम पर हो या स्वयं अपने चुनाव के नाम पर। अगर किसी भी स्थिति को सारे भविष्य की बलि चढ़ाकर ही निभाने की मजबूरी हो तो उसका मूल उद्देश्य ही ख़त्म हो जाता है। अगर सचमुच ऐसी ही चूहेदानी है तब तो मानव-विकास के लिए इसे तोड़ डालना और भी ज़रूरी है। क्योंकि यों ही हर प्रतिभा और शक्ति विवाह को निभाने, दूसरे साथी से सम्बन्ध मधुराने और समझौते करने के नाम पर अन्धी गलियों में खोती चली जाएगी तो प्रगति कैसे होगी? मैं यह भी मानता हूँ कि सुखी गृहस्थ ऐतिहासिक विकास का सबसे बड़ा बाधक होता है, क्योंकि कोई भी परिवर्तन उसके सुख के लिए ही सबसे बड़ा ख़तरा बनकर आता है। बँधा हुआ ढर्रा ही उसके 'सुख' का सबसे बड़ा आश्वासन है। मुझे कभी आश्चर्य भी होता है कि अजीब घपला है कि हम सब अपने-अपने ढंग से सुखी होना चाहते हैं और सब मिलाकर, सुखी और निश्चिन्त लोगों से कटुतम विरोध सहते हैं। शायद वहाँ आग्रह सुख-चैन पर इतना नहीं है जितना एक ख़ास ढर्रे को स्वीकार-अस्वीकार करने का है। लोग कहते हैं कि दूसरे हमारे ढंग से सुखी हों...।"

"यह सारी फ़िलॉसफ़ी अभी ज़रूरी है?" इन्दु ने बात काटकर पूछा।

मैं अपनी कमज़ोरी पर मुस्कुराया। अनजाने ही शायद मैं उनकी बात के बहाने अपनी स्थिति का विश्लेषण करने लगा। शायद हम हमेशा दूसरों के बहाने अपनी ही बात कहते हैं, अपनी ही सफ़ाई या विरोध ज़ाहिर कर रहे होते हैं—ऊपर से समस्या दूसरों की होती है। जाने कितनी बार इस दौरान मैं अपनी और उन लोगों की समस्या का भेद भूल गया हूँ। लेकिन अभी भी

अपनी बात पूरी किये बिना तार को छोड़ना नहीं चाहता था। बोला, "विश्लेषण नहीं कर रहा, एक बात समझाने की कोशिश कर रहा हूँ। इन लोगों को शायद ग़लतफ़हमी हो गई है। देखो सुरजीत, मैं बिलकुल भी वैसा जड़-काठ नहीं हूँ कि प्यार या पसन्द जैसी किसी भी कमज़ोरी को हाथ झटककर अस्वीकार कर दूँ कि यह सब भटकन और चरित्रहीनता है। दुनिया के सारे बड़े परिवर्तन इसी तरह की छोटी-छोटी निहायत अपनी समस्याओं से जूझते और अकेले पड़ गए व्यक्तियों ने किये हैं। सब जानते हैं कि इन बातों को लेकर कभी ट्रेड-यूनियनें नहीं बनेंगी, इन्हें तो व्यक्तिगत स्तर पर ही हल करना होगा। लेकिन प्यार की इस चुनौती को स्वीकार करने का कलेजा भी तो हो न...यह तो ऐसा ही हुआ कि जोश में आकर प्यार की कुप्पी का मुँह तो खोल दिया, लेकिन जब उसमें से निकलकर राक्षस सामने आ खड़ा हुआ तो हाथ-पाँव फूल गए, आँखें पथरा गईं..."

निश्चय ही इन्दु को बड़ी देर से मेरी ये सारी बातें बकवास लग रही होंगी, तभी बहुत देर चुप नहीं रह सकी। बात काटकर बोली, "तारक की शिकायत है कि हम मदद नहीं करना चाहते। तुम बताओ, हमसे क्या मदद चाहते हैं वो? नौकरी के लिए इन्होंने पहले बागड़ी से बातें कीं, कुछ दिनों पहले बताया था कि स्कूल में भी पक्का है, लेकिन जब देखते हैं कि किसी को इन सबमें दिलचस्पी ही नहीं है तो कब तक कोई अपनी बात ख़राब किये जाए? सुरजीत, तुम मुझसे लिखवा लो, न तो तारक ख़ुद कुछ करेंगे और न दूसरे को करने देंगे और यों एक-दूसरे का चेहरा देखने से ज़िन्दगी चलती नहीं है। दो दिन बाद प्यार का मुलम्मा उतर जाएगा तो रोना बैठ के।...मैं उसके बिना रह नहीं सकता, और मैं उसे आत्मा की गहराई से प्यार करता हूँ, यह सब बातें सुनने में बड़ी अच्छी लगती हैं, लेकिन जो आदमी इतना शक्की हो कि अपने दोस्तों पर विश्वास न कर सके, नौकरी करने को बाहर न निकलने दे, उसके साथ मैं तो एक दिन न रहूँ। इसका सीधा-सा मतलब तो यह है कि उसे मूलत: मुझ पर विश्वास नहीं है कि पता नहीं कब किसके साथ फँस जाऊँ या भाग जाऊँ।

वर्ना मैं कोई जानवर तो हूँ नहीं कि जिसने जिधर रस्सी खीचीं, उधर चल दी। मुझे तो ऐसे अविश्वासी आदमी का चेहरा देखकर झुँझलाहट चढ़ती है। तुम्हें बुरा लगेगा, लेकिन तुम्हारे तारक मेरी नब्ज़ पर आ गए हैं...वो तो पता नहीं, क्यों तुमसे इतना प्यार हो गया है और एकदम अपनी छोटी बहन लगने लगी हो, इसलिए इतनी चिन्ता और दुख भी होते हैं, वर्ना हमें क्या लेना-देना? तुम्हारी ज़िन्दगी है, तुम जानो...तुम महीना-भर मेरे यहाँ रहो, मेरे माथे पर शिकन नहीं आएगी, लेकिन उस आदमी से मुझे चिढ़ हो गई है...अरे इसी बूते पर भले घर की लड़की को लाए हो? कितने दिनों तुम्हें और दूसरों को प्यार की गहराई और महानता के नाम पर बहकाए रखेंगे?"...

शायद काफ़ी झिझक के बाद कहीं दूसरे किनारे से सुरजीत बोली, "भाभी, अब मैं कहीं लौट भी तो नहीं सकती। सच पूछो तो अब डैडी को मुँह दिखाने की हिम्मत नहीं रह गई है।"

मैं हल्के से डर गया, क्या इस हद तक सोचने लगी है सुरजीत?

"मैं तुम्हारी स्थिति सोच सकती हूँ, सुरजीत!" इन्दु ने उसकी कमर में बाँह डालकर उसे अपने से सटा लिया, "लेकिन सोच-समझकर बताओ, कितने दिनों यह सब चलता जाएगा? क्यों नहीं तुम कह सकतीं कि तुम्हें नौकरी करनी है? वह ख़ुद कुछ सोचने-समझने की स्थिति में नहीं है तो, तुम तो कुछ आगा-पीछा सोच सकती हो? बच्ची तो नहीं हो कि अपना भविष्य ही न दिखाई दे...बिना माँ-बाप की चिन्ता के जब तुम इतना बड़ा क़दम उठा सकती हो तो इतनी सी बात नहीं दिखाई देती कि आगे क्या होगा...?"

उस क्षण उस अनाथ-सी लड़की के प्रति सहानुभूति से भरकर मैंने कहा, "सुरजीत, मैं और तो कुछ भी नहीं कह सकता; हाँ, कभी ज़रूरत हो तो मेरा घर तुम्हारे लिए हमेशा खुला है, बड़े भाई की तरह इतना ही..." आगे मेरा स्वर रुँध गया और मैंने जल्दी से सिगरेट लगाकर माचिस तलाश करनी शुरू कर दी।

जब हम लोग उठे तो मन में रूई के बादल भर आए थे। अनकहे ही एक नये रिश्ते का समझौता हो गया था आपस में और आत्मीयता की अदृश्यता

एक बिन्दु पर बाँध गई थी। लेकिन कहीं कोई गहराई ऐसी भी थी जहाँ एक और अहसास कुलबुला रहा था : उस आधी रात को, एकान्त और अँधेरे में मैंने जिस 'महान' और 'पवित्र' की क्षणिक झलक देखी थी, और जिसने मुझे आविष्ट कर दिया था—आज उसकी पीठ में छुरा मारकर यहाँ लेक में फेंके जा रहा हूँ। अपराध और पाप की कोई अनाम चीज़ थी जो पैनी धार की तरह निश्शब्द चेतना में उतर गई थी। मैं कहीं उससे 'बदला लेने' पर तो नहीं उतर आया हूँ? तू तो किसी का कोई अहसान, विश्वास नहीं मानता न, ले अब मेरा वार सँभाल...। यह सारा सन्तोष और उत्फुल्लता इसीलिए तो नहीं है कि मैं कहीं इस महान को इसी स्तर पर उतरा हुआ देखना चाहता था? यह बिलकुल झूठ है कि महान और पवित्र मन को सन्तोष और सुख देता है। वह हमेशा हमारे लिए एक चुनौती बनकर आता है। या तो हम उसे ध्वस्त कर दें या अपने धरातल पर खींच लाएँ। इसलिए हम अपने निकटतम और अपनों में किसी महान को यह नहीं पाते, और बदले में या तो उस महान को ही कुचल देना चाहते हैं या 'अपनेपन' के उस सम्बन्ध को ही। किसने कहा था, हम अपने निकटतम को ही सबसे गिरा और विपन्न देखना चाहते हैं...ताकि उससे बड़े होने का सुख पा सकें?

नहीं, मैंने मन को समझा लिया। मैंने जो कुछ भी किया है, वह सुरजीत के हित से प्रेरित होकर किया है...

तीसरे दिन। मैं और मि. घई नौ नम्बर के प्लेफ़ार्म पर खड़े थे और थर्ड क्लास के स्लीपर की खिड़की से सुरजीत का चेहरा झाँक रहा था। डिब्बे के दूसरी तरफ़ वाली खिड़की से लगा तारक बैठा था और उसके सामने एक मालगाड़ी का डिब्बा दीवार की तरह खड़ा था। मि. घई ने उन्हें सन्तरे लाकर दिये थे। बोलने को जैसे किसी के पास कुछ भी नहीं रह गया था; बस, अनकही प्रतीक्षा थी कि बत्ती हरी हो और गाड़ी खुले...तारक इस तरह तटस्थ और निर्विकार बैठा सिगरेट पी रहा था जैसे उसे किसी से कोई मतलब ही न हो...

चेहरे पर कोई तनाव भी नहीं था...जैसे मेरी बैठक में ही लेटा हुआ सोच रहा हो...प्लेटफ़ार्म की भाग-दौड़, शोर-शराबा, ऊपर के एनाउंसमेंट और नीचे की विदाइयाँ, पुकारें...मुझे लगा, जैसे मैं दोपहर के सन्नाटे में किसी जंगल में खड़ा हूँ...दोनों कल नौ बजे तक दिल्ली पहुँच जाएँगे।

ऑफ़िस से निकलते-निकलते गोयल का फ़ोन आया था। घबराए स्वर में कहा था, "हम लोग आपस में मिले नहीं हैं, लेकिन आपके बारे में इतनी बातें हुई हैं कि मिले-से ही लगते हैं। सुना है, आज तारक और सुरजीत दिल्ली जा रहे हैं, हफ़्ते-भर से वे तो मुझसे मिले नहीं हैं।...भगवान के लिए, आप कम-से-कम उसे किसी भी तरह दिल्ली मत जाने दीजिए...जैसे भी हो रोक लीजिए। उसे कोई अन्दाज़ा नहीं है, वह कहाँ जा रहा है और सरदार कितना जाहिल और ज़ालिम आदमी है। तारक के कहने पर मैंने अपने एक दोस्त को दिल्ली लिखा था कि वह सरदार से मिल आए। उसने ख़बर दी कि सरदार ने कृपाण दिखाकर कहा है, 'इसे मैं रोज़ इसीलिए एक बार घिस लेता हूँ कि उसकी एक-एक बोटी काटनी है। ज़्यादा-से-ज़्यादा फ़ाँसी ही तो हो जाएगी सो मैंने उसका इन्तज़ाम कर लिया है, वसीयत लिखवा दी है। अब यही समझ लूँगा कि पाकिस्तान में एक और को मारते हुए ही मारा गया।' उसी दोस्त ने मुझे बताया है कि तारक से कह दूँ, एकदम बाहर न निकले, सरदार ने एक आदमी कलकत्ते भेजा है। मैं पूछता हूँ, अब यह ख़ुद कम्बख़्त वहाँ मरने क्यों जा रहा है? उसे रोक लीजिए मिस्टर...।' गोयल की आवाज़ सचमुच टूट-टूटकर निकल रही थी। मैं फ़ोन छोड़कर बाहर निकल आया।

सड़कों पर ऑफ़िसों से लौटनेवालों की भीड़ थी। बसों और ट्रामों में लोग बन्दरों की तरह लटके थे। जिस टैक्सी की ओर भागता, पता नहीं कहाँ से कोई प्रगट होकर उसमें जा घुसता। बड़ी भाग-दौड़ के बावजूद साढ़े छह से पहले टैक्सी मिली ही नहीं। घर आया तो बादल ने बताया, वे तो छह पर ही चले गए हैं और बीबी जी के कॉलेज में कोई फंक्शन है, वे नौ तक लौटेंगी।

मैं उलटे पाँव एक गिलास पानी पीकर लौट आया। बैठक ख़ाली केंचुल की तरह सूनी और भयावनी लगी थी, यह मैंने टैक्सी में बैठे-बैठे सोचा था। बादल ने ही बताया था कि एक सूट-बूटवाले नाटे-से साहब टिकट लेकर आए थे और वे ही अपने साथ लिवा ले गए हैं। ज़रूर घई ही था। हावड़ा-ब्रिज पर फिर भीषण ट्रैफ़िक था और लकवा मारे अंग की तरह बसें-कारें चीख़-चीख़कर फड़फड़ा उठती थीं। पता नहीं, हिन्दुस्तान में हेलीकॉप्टरनुमा गाड़ियाँ कब बनेंगी कि ऐसे मौक़ों पर उड़कर सीधे प्लेटफ़ार्म पर ही उतर जाएँ।...फिर प्लेटफ़ार्म टिकट की लाइन...जैसे-तैसे जब भीतर पहुँचा तो सात-बीस हो गए थे।

सुरजीत खिड़की से झाँक रही थी। शायद उसे उम्मीद थी कि मैं आऊँगा। सफ़ेद बालों की झीनी झालर और बीच में गंजी चाँदवाले, एक सज्जन से उसने मेरा परिचय कराया था, "मि. घई डैडी के दोस्त हैं बचपन के...।" मि. घई पुराने लोगों की तरह भीतरी जाकेटवाला थ्री-पीस सूट पहने थे, ठोड़ी उनकी उठी हुई टाई की नॉट को छू जाती थी और कन्धों पर इधर-उधर गेलिस की डोरियाँ दीख रही थीं। कुछ वही खिलौनेवाली तसवीर थी जिसे देखकर हम बचपन में कहते थे 'पिल-पिली साहब'...बड़े रिज़र्व्ड से आदमी थे, जैसे ज़िन्दगी-भर किसी ऊँची कुर्सी के मालिक रहे हों...न जाने क्यों मन में आया, चर्चिल इनका ज़रूर आदर्श-पुरुष रहा होगा...

मैंने खोजनेवाली निगाहों से भीतर देखते हुए पूछा, "तारक कहाँ है?" वह दूसरी ओर बैठा, सामने खड़े डिब्बे पर खड़ियाँ खींचे गए बड़े से 'कट्टम' (क्रॉस) के निशान को देख रहा था, या शायद उसका मुँह ही उधर था और वह देख किधर भी नहीं रहा था। बीच-बीच में चश्मा सरका लेता था।

भीड़ और कुलियों से उलझता-झगड़ता मैं बड़ी कठिनाई से स्लीपर का सँकरा पैसेज पार करके उस तक पहुँचा। सामनेवाले साहब से माफ़ी माँगते हुए, एकदम उसके सामने बैठकर दबी आवाज़ में कहा, "तारक, यह क्या बेवकूफ़ी है? पागल हो क्या?" शायद मैं उसे चार दिनों बाद देख रहा था।

वह कहीं ऊँचाई से मुस्कराता हुआ बड़ी सूनी आँखें मेरी तरफ़ फाड़े रहा। मुझे लगा, बात उसके कानों तक पहुँच ज़रूर गई है, लेकिन दिमाग़ से जुड़ नहीं पाई है। एकदम भावहीन ढंग से मुझे घूरता हुआ महीनों के न सोए और बीमार आदमी का चेहरा मुखोश की तरह मेरे सामने था। मुझे इस तरह की चिनचिनाहट छूट रही थी कि इसे दोनों कन्धों से पकड़कर बुरी तरह झिंझोड़ डालूँ और ठोकरें मारता हुआ बाहर खींचकर प्लेटफ़ार्म पर डाल दूँ। पता नहीं, कहाँ से वह बोला, "तुम लोगों को बहुत तकलीफ़ दी...।" उसने फिर चश्मा उँगली से पीछे ठेला।

"तकलीफ़ की ऐसी कम तैसी..." मैं झल्ला पड़ा, न चाहते हुए भी एक अश्लील गाली निकल ही गई, "तुम जा कहाँ रहे हो...?"

"दिल्ली...।" स्वर ऐसा सहज, सपाट और ठंडा था जैसे कहा हो, 'चौरंगी।'

मैंने उसके दोनों हाथ पकड़ लिये, ख़ुशामद से कहा, "तारक, तुम अभी भी गाड़ी से नीचे उतर आओ। सुरजीत को चला जाने दो...उतरो।" दुगुनी बेचैनी इस बात की थी कि घई मुझे लगातार देख रहा था। गोयल भी नहीं आया, वह आ गया होता तो साले को दोनों तरफ़ से पकड़कर नीचे उतार लेते, फिर जो होता देखा जाता।

उसने सख़्ती से हाथ छुड़ा लिये। लापरवाही से पूछा, "एक सिगरेट नहीं पिलाओगे...?"

मैंने डिब्बी उसके हाथों में काग़ज़ की ख़ाली पुड़िया की तरह ठूँस दी, "यह सिगरेट ज़िन्दगी-भर पीते रहना, पहले बाहर आओ और मेरी बात सुनो...।" गाड़ी की सीटी ने मेरी बात को चीर दिया।

उसने बुज़ुर्गों की तरह मेरी पीठ पर हाथ रखकर धक्का देते हुए कहा, "तुम उतर जाओ, गाड़ी चलेगी..."

गाड़ी से उतरते हुए निष्फल क्रोध और झुँझलाहट से मैंने सोचा, साला या तो पिए हुए है या पागल हो गया है। इतने पास से बातें कर रहा था, ध्यान

ही नहीं रहा कि साँस की गन्ध कैसी थी? हो सकता है, सुरजीत ने सारी बातें कह डाली हों और यह बहुत ही नाराज़...

"लिखोगी?" मैंने सुरजीत से इतना ही पूछा।

"देखिए..." उसके लहजे से मुझे लगा कि यह कम्बख़्त घई न होता तो हम लोग कम-से-कम खुलकर लड़ते, रोते-हँसते और एक-दूसरे को खरी-खोटी सुनाते...एक सरदार को डिब्बे में चढ़ते देखकर ख़याल आया कि अगर घई ने टिकट कराए हैं तो ज़रूर ही सुरजीत के डैडी ने किसी आदमी को भी साथ ही भेज दिया होगा, ताकि कहीं बीच में न ग़ायब हो जाएँ।

बत्ती पीली से हरी हुई, सीटियाँ बजीं, लालटेनें हिलीं और सिर के ऊपर झंडी हिलाता गार्ड सामान वाले डिब्बे की चाबी लिये अपने कूपे की तरफ़ तेज़ी से बढ़ा। शायद आँसू-भरी आँखों से सुरजीत इधर देखकर मुस्कराती रही और तारक दूसरी तरफ़ ही अँधेरे में देखता रहा—कत्थई दीवार पर सफ़ेद क्रास की लाइनें इसके सिर के इधर-उधर निकली थीं। टेंटुआ कई बार ऊपर-नीचे गया, सुरजीत ने फँसे गले से कहा, "इन्दु भाभी को नमस्कार कहिए...उनसे मिलना नहीं हुआ।"

धीरे-धीरे गाड़ी खिसककर तेज़ होती गई, क्या अब भी भागकर उसे घसीटते हुए बाहर निकालकर लाया जा सकता है? अटैची-बिस्तर कुली पर लदवाए, भागती-हाँफती एक महिला हताश होकर खड़ी हो गईं और हसरत-भरी आँखों से हर डिब्बे को सामने से गुज़रते देखती रहीं...गाड़ी छूट गई थी...

मैं और घई बिना आपस में एक भी शब्द बोले जब क़दम नापते-से लौटे तो इस तरह दूर-दूर और कटे-कटे चल रहे थे, जैसे श्मशान से लौटनेवाले अचानक ही आपस में अपरिचित हो उठते हैं...रह-रहकर मुझे ऐसा लगता था, जैसे इन्दु भी मेरे साथ ही चल रही है और एक भूला हुआ तनाव फिर से हम लोगों के बीच सजीव हो आया है और अब यह अहसास हमेशा बना रहेगा कि कोई चीज़ हम लोगों के बीच निरन्तर लहरें लेती सरक रही है...समझ नहीं आता था कि कैसे उसके सामने पड़ूँगा...

हमें जोड़नेवाला कोई सूत्र सहसा ही अनुपस्थित हो गया है...और हम फिर वापस लौट आए हैं।

साँप-सी बलखाती पटरियों की चमक को देखकर मैं सोचने लगा था, तारक के चेहरे पर मैंने ऐसा क्या देखा था जो किसी बहुत परिचित स्थिति की याद दिलाता था...।